LET'S SET OFF,

WITH

NO PARTICULAR

DESTINATIONS

IN

MIND

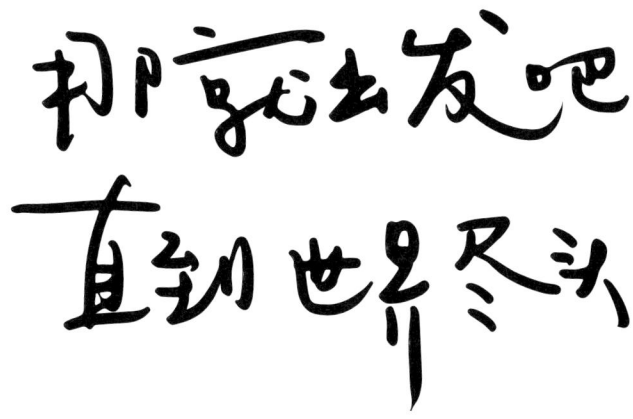

新星出版社　NEW STAR PRESS　　高悦————著

目 录

1   序言：登顶南极"冰盖之巅"
5   北极生活多坎坷
9   随着"蛟龙"探深海
13   探得珠峰新"身高"

南极篇

21   迈向南极第一步
26   进入出征倒计时
30   不愿说再见
35   赤道上的狂欢
41   航渡生活不寂寞
47   小甲板上的大生活
51   别了人类社会
56   穿越"咆哮西风带"
60   经验斗不过好运气
65   剃掉"烦恼丝"
68   也许这就是天堂

74 白夜无眠战海冰
79 冰盖上有群"小浣熊"
88 雪地车突陷冰缝难自拔
99 勇士出征赴"昆仑"
106 "不期而遇"的白化天
110 "暴风雪的故乡"
115 "当机械师的人不一般"
120 "鬼见愁"上饱受颠簸之苦
124 国歌在冰盖上回响
128 钢铁意志铸就"巍巍昆仑"
133 零下30摄氏度的地方更"暖和"
139 这里的星星"不眨眼"
144 大风中的坚守
148 登顶"冰盖之巅"
154 "遥不可及"的梦想
158 "半个队长"不易当
162 中山站上忆"中山"
168 它们才是"主人"
172 不知何时再见

北极篇

181 梦圆一半
186 小小的"下马威"

190	特事特办购"雪龙"
196	科考项目全面展开
201	厨房续"前缘"
206	"脏"冰区里首遇北极熊
212	随冰漂流记
217	首登北极浮冰
224	茫茫冰海难寻冰
229	"海豚"展翅作业忙
235	除了脚印,什么也不留下
242	唤醒酣睡的"糖葫芦"
247	"遛狗"识冰认雪
252	透过融池探北极
255	北极爸爸
259	极光,幸好遇见你
265	西风带的"坏脾气"
269	泡沫杯变形记
273	回到"人间"

深海篇

283	向深海洋底进发
289	下潜前的"必修课"
294	"蛟龙"之骄
302	"家里真的有矿"

306 巧遇大白鲨
313 学员"出师"
317 老船与深海
322 勇往直"潜"

珠峰篇

329 隔离也有"小确幸"
332 多年夙愿终得偿
336 "测绘尖兵"的本分
342 到拉萨街头走一走
345 山,就在那里
350 国产仪器担重任
354 羊湖伴我行
357 山脚下的小城
361 "终于见到你,珠峰"
366 大本营的初体验
369 高冷的"第三女神"
374 二本营上的故事
380 "谁不黑谁惭愧"
386 赴一场星空的"约会"
390 "步步惊心"攀珠峰
397 历经波折终登顶

序言：登顶南极"冰盖之巅"

南极，对于大多数人来讲，遥远、冰冷、神秘。在这个人迹罕至的冰雪世界，有一处被称为"人类不可接近之极"的地方——Dome-A。Dome-A又称冰穹A，位于南极内陆冰盖之巅，海拔4000多米。南极冰穹气温极低，是地球最干燥、最寒冷的地方。这里恶劣的环境及气候条件，使人类直到21世纪，才在冰穹A踏上第一个脚印——中国人的脚印。

进入报社后，我听到最多的就是南极科考，而南极内陆科考又是其中更为艰苦而光荣的工作。2012年，我有幸跟随中国第29次南极科考队，远渡重洋，跋涉万里，到达了南极"冰盖之巅"，在中国南极昆仑站执行新闻报道任务。

南极是世界上最冷的地方，在昆仑站深冰芯钻探房的采访，让我领教了什么叫极寒。深冰芯钻探房是昆仑站区最艰苦的地方。当时，昆仑站的气温已经降到零下30摄氏度，而这里的温度比站区的平均温度还要低10—20摄氏度。在钻探槽中，我们用敏感温度计测量显示，气温已经降到零下49摄氏度，再加上高原缺氧的地理环境，大家在钻探槽里根本无法正常呼吸。因此，深冰芯钻探房流传着这样一句话："如果你冷得受不了，就到室外零下

航拍南极冰山

30摄氏度的地方去暖和暖和!"

队员在钻探槽里工作,吸进来的是逼人寒气,呼出来的气体在极低温的作用下,迅速凝华变成细小的颗粒弥散在狭小的空间中,使得钻探槽里能见度降得很低,即使面对面也看不清。有几次,我下到钻探槽里,仅仅几秒钟,全身就被冻得疼痛难忍,没过一会儿,眉毛和胡子上就挂满了冰碴儿,就连棉帽和衣服上也被冻起了一层白霜。

极寒风雪的考验、远离亲人的艰辛……只有亲历之人才能切身体会。50多天的南极内陆工作,156天的科考生活,让我品味了小说家茨威格笔下的"到不朽的事业中寻求庇护"。我的所思、所感、所获全部凝聚在那些文稿、图片和视频之中。

北极生活多坎坷

2016年7月11日，我登上"雪龙"号科学考察船从上海起航，开始为期78天、航程1万多海里的北极科考之旅。航渡生活是寂寞枯燥的。北极科考难以看到雄壮的冰山、憨态可掬的动物，绝大多数时间都是与天空、海水和望不到尽头的冰面为伴。偶尔有一只北极熊在冰面闪现，便能惊起我和同伴们的一片欢呼。

冰站作业是历次北极科考的重要任务。冰站作业期间，我每天背着相机和三脚架往返于"雪龙"号、冰站之间采访、摄像。进入北极圈后，气温骤降至零摄氏度左右，加上凛冽的寒风，吹到手上像刀割一般。由于拍照要经常调整相机旋钮，戴着厚厚的羽绒手套十分不便。于是，我索性不戴手套，手冻僵了，就揣进袖子里暖一会儿，好些了再继续拍照。

在冰站上，没有了一日三餐和正常作息的概念，相机也要随时在手。那时，我经常拿着手机，边采访边记下稿件提纲和细节，晚上回到船舱后，再串接成篇。虽然很辛苦，但是写稿时往往一气呵成。究其原因，是因为深入一线，身临其境，掌握了更多来自实际的鲜活题材，如此才能捕捉住精彩的瞬间。

完成一天的工作后，睡觉也并不容易。当时，北半球正值夏

在北极冰区的"雪龙"号

季，24小时的极昼，让我们难以有正常作息。虽然舱内配有遮光窗帘，但有时强烈的阳光还是会透过缝隙照亮整个房间。《天黑》成为船上最流行的歌曲，队员们经常哼唱着"我闭上眼睛就是天黑"，只希望自己能睡个好觉。

北冰洋是北极熊的故乡，北极熊是世界上体形最大的陆地食肉动物。气候变化使饥饿的北极熊越来越难觅食，冰站观测区域恰好是北极熊的"领地"。因此，冰站观测期间，为确保安全，科考队的一项核心任务就是防熊，探冰队、防熊队每天都是最早到达冰面，最晚撤到船上。

为了提防潜在威胁，船上的队员时刻保持警惕，并在驾驶台持续瞭望冰面，机组人员备机待命，随时起飞。有些画面我这辈子都忘不了，挂在眉毛上的雪、冻在防风面罩上的鼻涕、开裂的嘴唇上挂着的血迹。我问一名防熊队员，冰面上折射出的阳光这么刺眼，一动不动盯着，能受得了吗？他端着望远镜，头也没回地说："这活儿交给咱，就是信任咱，那就得把活儿干好。"看着他熬得通红的眼睛，我感到一种说不出的信任，仿佛找到了北极之行的答案。此后，我每天采访之余，都会帮着一起瞭望、警戒……那一刻，我不仅是一名记者，更是一名科考队员。

78个日夜、1.3万海里同舟，选择北极，是因为能够在与世隔绝的环境中，感受到人与人之间的互助与友爱。在同风雨、共患难的境况下，感受珍贵的友情，这才是人生最宝贵的财富。

随着"蛟龙"探深海

马里亚纳海沟,深度超过珠穆朗玛峰的海拔,是地球上的最深之地,被称为世界"第四极"。

2012年6月,中国"蛟龙"号载人潜水器勇闯马里亚纳海沟,圆满完成7000米级海试。从此,中国进入了载人深潜新时代。随后,"蛟龙"号步入了为期5年的试验性应用阶段。2017年4月,在试验性应用航次收官之年,我登上了"向阳红09"船,随"蛟龙"号探访海底深渊。

大海是温柔的还是凶狠的?在科考队员心中,大海的浪花每天都在"变戏法","蛟龙"号每天都面临新的下潜挑战。那年风浪格外凶猛,就像坐在"过山车"上,剧烈的起伏使人头重脚轻。有一天,我在船舱里写东西,看着电脑屏幕就感到头晕恶心,每敲几个字,就要起身走动一下,几百字的稿子竟然写了一个小时还没写完。真是坐也不是,站也不是,走也不是,想躺下歇会儿,轰隆隆的发动机声又让人难以入眠。不一会儿,我又被一阵颠簸摇醒,一阵头晕、恶心袭来。

"蛟龙"号是当之无愧的大国重器。它的诞生,凝聚了无数科研工作者的心血。它的每一次下潜,都是对潜航员极大的考验。

「蛟龙」号进行下潜作业

就算有大风大浪，还有许多队员坚守在岗位上，驾驶台、预报室、厨房、实验室、轮机房……许多队员都是晕眩呕吐后，擦擦嘴，接着工作。在这种大风大浪经常袭扰的情况下，6名实习潜航员完成了独立主驾驶操作培训，成了真正的潜航员。这里没有豪言壮语，"习惯了"是我在聊天中听得最多的字眼。

我们常说记者要把身子俯下去，视角沉下去。在船上，队员们为了"蛟龙"号科考，有的无法照顾尚在襁褓中的孩子、有的父母去世也没能见上最后一面、有的连续坚守载人深潜一线10年……短短一个多月，我同他们从素昧平生到无话不谈，话题从科考项目到日常生活。采访不需要正襟危坐，回答也不必一板一眼，闲聊、打闹、揶揄都成为工作的一部分，稿子在唠家常中顺嘴"溜达"出来了。

在他们身上，我看到了艰苦岁月中的载人深潜精神，看到了新一代"蛟龙"号潜航员用热血接续奉献，看到了对祖国的赤诚，看到了青春应有的样子。如今，每当我稍有懈怠，那些人、那些场景就会浮现在眼前，我心中会涌起强烈的责任感。

探得珠峰新"身高"

8848.86米——这是被誉为"地球之巅"的珠穆朗玛峰的最新测定高程。2020年12月8日,中国国家主席习近平同尼泊尔总统班达里互致信函,共同向全世界正式宣布这一数字。

珠穆朗玛峰,板块"角斗"的产物,被称为世界"第三极"。然而,其特殊的地理位置和极端恶劣的自然条件,给前往这片冰雪之地的人们带来了极大挑战。

初到珠峰的第一晚,强劲的狂风裹挟着雪粒降临大本营,摧枯拉朽,横扫一切,给我们来了个"下马威"。大家居住的帐篷,在风中不争气地战栗着。我的床位正好对着帐篷门口,能清晰地感觉到床在晃动。帐篷被狂风吹得吱嘎作响,让人实在难以入眠,漫漫长夜,大家在半梦半醒中度过。早晨醒来时,窗外依旧是狂风呼啸,碎雪横飞。大本营本已冰雪融尽的大地重又披上一层"银装",道路冻结,连山脚下的小溪也被冰雪覆盖。一走出帐篷,我就感觉被风吹得睁不开眼,虽然戴着眼镜,但丝毫挡不住狂风的侵袭。雪粒像石子一样打在脸上,迎着风不一会儿,就感到呼吸不畅,鼻尖、手指逐渐失去了知觉。

远眺珠峰

一个月的时间,珠峰测量计划冲顶,又推迟,又计划,又推迟,三上三下,反反复复。5月6日,测量登山队第一次出征冲顶。行走在海拔5200米的珠峰大本营,即使不工作,也如背负30公斤的重物。当时,我和同事背着录像设备全程直播跟拍,一直爬到山坳深处。直播结束后,我累得一屁股坐在地上,不停地喘着粗气,腿脚再也不听使唤。

珠峰测量故事不只在峰顶。5月27日,测量登山队员终于登顶。在面积不足20平方米的峰顶斜面上,竖立测量觇标,完成峰顶测量。同一时刻,山腰处6个交会点对峰顶觇标进行交会观测。

交会测量是一种经典测量法。本次测量队在珠峰设了6个交会点,通过三角高程交会测量,测出珠峰海拔高度数据。第一个点位于珠峰大本营,海拔约5200米,其余5个点位都在海拔5500米以上。在珠峰,从海拔5200米的大本营开始再往上,就没有任何交通工具可以使用了,只能靠走。这些交会点的实际情况如何?我们把目光瞄准了在这里艰苦奋斗、为国测量的队员。

一次,我和同事奔向了中绒布冰川交会点,途经已经开化的绒布河、中绒布冰川,可谓"步步惊心"。在这里,高寒缺氧、荒无人烟,所有补给、设备都是手提肩扛,衣服上的汗能结成块。途中,同事提醒我:"你怎么总是踢石头?"其实,我心里清楚,高原缺氧再加上体力透支,脑子里想着能迈过石头,可是脚已经跟不上思路了。这种环境下,说不难熬是假的。

珠峰生活虽然辛苦,却是难得的经历。亲历测量、登山、生活,让我对测量工作有了更加深刻直观的感受,不仅可以获得准确的第一手资料,抓取富有特征的生活细节,更让新闻报道有情感、有故事、有血有肉,与众不同。

南极篇

迈向南极第一步

终于到了这一天。2012年10月29日,我与前来送别的朋友在火车站台挥手告别,提着两个沉重的行李箱从北京来到上海,在甲板上给家人打了报平安的电话……

此刻,长江入海口,2万多吨的"雪龙"号极地科考破冰船停泊在码头上,显得格外威严安静。明日,随着一声汽笛长鸣,我将乘着这条"钢铁巨龙",一路向南,奔赴南极昆仑站。

古人说,读万卷书,行万里路。从这个意义上讲,我是幸运的。我的故乡在吉林桦甸,毗邻长白山。从小,放眼望去都是冰天雪地和层峦叠嶂的大山。黑土地抚育了我成长,高耸的大山又像一道道屏障,将我与外边的世界阻隔。

可能是因为生长在东北的缘故,所以我从小就有一种对于大海的向往。我要感谢记者这个职业,让我工作后可以经常看到大海,甚至去南极走一走。是这个职业,给了我乘风破浪的机会。

夜幕下,我手扶"雪龙"号被冰雪洗礼过的栏杆,踏着暴雨洗刷过的甲板,回首过去两年参加高原选拔训练的经历,我像做了一场纷华的梦,恍如隔世。

中国南极昆仑站地处南极"冰盖之巅",海拔约4000米,低

码头上的"雪龙"号

西藏选拔训练合影

温酷寒、高原缺氧。前往昆仑站途中，队员需要经过1200多公里的冰雪路，会遇到冰裂隙、白化天、地吹雪等恶劣路况和天气，除了身体要承受住极端环境考验，更要具备过硬的心理素质。因此，开展高原选拔训练，是选拔昆仑站队员的重中之重，也是我迈向南极昆仑站的"第一步"。

2011年8月，经过一系列医学检测、历经48个小时辗转，我乘火车第一次来到西藏拉萨。训练选择在西藏，是因为西藏的海拔、气候、环境与南极内陆地区接近，便于对在高原低氧环境下具有敏感体质的队员进行筛查，训练科目包括高原适应性训练、公路训练、登山训练、GPS使用等内容。

在西藏登山队体校，我们首先接受垂直攀登训练。南极科考是一项风险较高、大规模复杂作业较多的野外科考，随时可能遇到雪坡、冰裂隙等复杂地形，因此必须掌握垂直攀登技能。

事先，教练把用于攀登的主绳一端通过专业装备固定在高处，另一端自然下垂至地面。当时，我们围在教练身边，学习如何利用主绳、安全带、上升器、主锁等装备，并配合使用绳结进行垂直攀登。

该训练要求动作协调、手脚默契，在分组练习中，我们没多久就满身大汗，胳膊、大腿酸痛难忍。一天后，我们又开始徒步训练。徒步看似简单，其实不然，训练位于海拔约4000米的山区，再加上当天细雨蒙蒙，山路崎岖，路面湿滑，我们必须时刻注意脚下安全。随着训练深入，山坡越来越陡，路面也越来越滑，我们必须手脚并用，奋力攀登。很快，大家的裤腿上、鞋上就溅

在西藏参加登山训练

满了泥点。

几个小时后,我们艰难跋涉到途中休整点。喝水、野餐……正当我以为徒步告一段落时,训练又开始了。上山难,下山更难,尤其是在体力逐渐透支的情况下。全天徒步约5个小时,行进七八公里。

经过几天的高原适应性训练,我们基本适应了海拔3600米的高原环境,正当以为可以松一口气了,新的训练科目又开始了。我们乘车从拉萨来到海拔约4300米的羊八井高山训练基地,开展更高海拔地区的攀登训练。该基地距离拉萨约100公里,附近有数座海拔6000—7000米的高山,非常适合开展高原攀登训练。

在羊八井期间,我们进行了GPS使用、负重徒步、高海拔登山等多门类、全方位的训练。这期间，随队医务人员对我们进行了医学检测。医学检测不同于体检，是对队员身体素质、高原适应能力的科考。检测内容包括血氧含量、血压、肺功能检测、心电图、唾液提取送检等，这些检测并非一次完成，而是采取跟踪监测的方式，在训练前、训练中和训练后，医务人员都会安排相关医学检测。

就这样，我两次参加高原适应性训练，每次为期半个月。通过训练，我和队友提升了在极端环境下的生存能力、自救能力，最终入选中国第 29 次赴南极科考队昆仑站队。

那就出发吧，一路向南，直到世界的尽头。历时 156 天，总航程 2.9 万多海里，去经历狂风暴雪的考验。

那就出发吧，万事俱备，登顶"南极冰盖"，去领略千里冰封、万里雪飘的风景，感受"极地人"的精神。

进入出征倒计时

10月30日，中国第29次南极科考队举行出征动员大会，标志着中国第29次南极科学考察队正式成立，任命曲探宙为科考队领队，李院生、孙波为副领队，科考队下设综合队、长城站队、中山站队、昆仑站队、大洋队、"雪龙"号队等。长城站队的队员是坐飞机去南极，所以并不在船上。

当天，我随"雪龙"号起航，奔赴广州进行最后的补给和举行出征仪式。11月2日，在欢快的迎宾乐曲和数百名广州市民的挥手致意中，"雪龙"号缓缓停靠在广州市南沙汽车货运码头，标志着科考队出征南极进入倒计时。

11月3—4日是"雪龙"号开放日。广州市民可以登上"雪龙"号参观游览，我们也利用这个出征南极之前难得的休整机会，接待亲友和进行出国前的最后一次补给。

虽然烈日炎炎天气酷热，但市民登船参观的热情很高。开放日一早，"雪龙"号旁就聚集了许多市民。

作为一艘专门从事南、北极科学考察的破冰船，"雪龙"号担负着运送我国南、北极科考队员和科考站物资的任务，也是我国大洋调查的重要平台，足迹遍布五大洋，创下了多项航海纪录，在国际上也是屈指可数。

为了市民参观安全，以及更好地了解相关情况，科考队分批派人在关键区域和楼梯拐角处值班，为市民进行讲解，我也分配到了任务。

登上"雪龙"号，许多参观者对船舱里的图片很感兴趣，雪地车、企鹅、南极冰川、科考站……一幅幅珍贵图片，记录了我国南极科考队员的艰辛和美丽的自然风光。后甲板上，科考队的直升机吸引了许多参观者驻足，他们纷纷在直升机前合影留念。

驾驶台位于"雪龙"号7层甲板，宽敞明亮。在船上，驾驶台的受关注度最高，清晨就被参观者挤得满满当当。在人群中，身着船员工作服的赵健力引起了我的注意。开始，我还以为他是"雪龙"号的工作人员，经询问才知道他是一艘货船船长，刚巧他的船也在这个码头运货，听说"雪龙"号来了，专门跑来瞧瞧。

船体的钢板是怎样焊接的、动力设备的功率是多少、在南极怎样保障通信畅通？赵健力的问题非常专业，幸好有值班船员帮着解答。

这时，一阵喧哗声引起了大家的注意。"肯定是'问题少年'来了，"看到我满脸疑惑，多次经历南北极科考的"雪龙"号见习船长赵炎平笑着说，"以往开放日里，对'雪龙'号最好奇的就是学生，常常会'刨根问底'，为他们讲解真是幸福的'烦恼'。"

果然，一群穿着校服的小学生"涌进"了驾驶台。他们探头探脑，眼睛里都闪动着兴奋和好奇，举着手中的相机四处拍照。一阵答疑解惑下来，我还真是觉得头昏脑涨。

市民在驾驶台合影

考察队队员讲解"雪龙"号性能

开放日期间,除了参观的市民,出入"雪龙"号最频繁的就是科考队队员。按计划,本次南极科考历时156天、4次穿越西风带……许多队员都想利用开放日的机会,与亲友好好团聚。

出于安全管理考虑,科考队要求队员亲友必须要在队员陪同下才能登船。昆仑站队队医彭毛加措来自青海省人民医院,他爱人专门从西宁赶来送行;大洋队队长高金耀的亲友也从香港过来,就是为了与他见一面,再送些生活用品;科考队队员张楠、范晓鹏均来自吉林大学,学校领导专门赶来送行……就这样,时不时地就会有队员往返于"雪龙"号和码头大门之间迎来送往,一派忙碌景象。

开放日期间,科考队还专门组织队员参观了广州市。为了组织好这次参观活动,承办单位煞费苦心,选择了2个地域特色鲜明的地点——具有当地传统建筑艺术特点的陈氏书院、广州标志性建筑广州塔。

这次科考是张楠连续第二年奔赴南极,之前他没来过广州。因为是老乡,我们俩走得很近。晚上,我们在船舱里聊天。张楠说:"我站在广州塔上,望着繁华的广州城区,想到了上一次南极科考。那时心中的孤独、焦虑和倦怠和这里的热闹喧嚣真是对比鲜明,现在回想起来,能扛过那些日子真的不容易。"言语间,让我对南极科考的艰苦程度,有了一丝新的认识。

不愿说再见

11月5日10时,中国第29次赴南极科考队出征仪式正式举行。码头上为科考队队员精心准备的红色地毯,两侧摆放的气球和迎风飞舞的彩带,红白相间的"雪龙"号在阳光映射下熠熠生辉,数百名市民代表在现场见证"雪龙"号起航。

科考队队员精神饱满,整齐列队,稳步走上舷梯,脸上洋溢着笑容。这一刻,挑战自我的激情、依依不舍的伤感、梦想成真的兴奋,让我百感交集。

自1984年我国首次组织南极科考队以来,28年间,一批批南极科考工作者发扬"爱国、求实、创新、拼搏"的极地精神,在南极严酷的自然条件下探索极地科学奥秘,建立起南极长城站、中山站、昆仑站,取得了众多高水平科考研究成果,为人类认识、探索南极奥秘做出了重要贡献。

此次南极科考采取"一船两站"的方式,队员们搭乘"雪龙"号赴中山站、昆仑站进行科考。今天,科考队从广州起航,向着亘古不化的冰雪大陆踏出新步伐。壮美的南极,正静候着一群追梦者的到来,静候着人类慢慢揭开它神秘的面纱。

伴随着一声汽笛长鸣,浪花在"雪龙"号船头不停翻滚,科考队开始向南极进发。码头上，送行的人们，目光一直追随着远去的队员，不愿离去。他们用这样的方式，为曾经朝夕相伴的亲人、昔日并肩战斗的同事送行。

在船上，队员们都被离别的氛围所感染，站在甲板上齐声高喊："谢谢、再见。"此时此刻，再见是大家最不愿意说的词语，但是又很难找到更合适的话与亲人道别。

虽然亲属没有到码头送别，不觉间我的眼睛也变得红红的。来自武汉大学的女队员刘婷婷更是如此，离别的伤感让她的泪水止不住地往下流。

渐渐地，"雪龙"号越走越远，码头上的人在我们的视野里也变得模糊，队员们几乎都在做同一件事情——趁着手机还有信号，抓紧打个电话跟家人再聊上几句。打完电话后，我默默地返回船舱，收拾行李，等待午饭。

在"雪龙"号上吃饭时间是严格规定的，每天11:15—12:00是午饭时间，过时不候。由于这次船上住了140多人，当我来到食堂时，这里已经排起了长队。也许都想冲淡离别的伤感，大家相互间打招呼、聊天的声音格外大，笑声也格外爽朗。

由于没有胃口，我只是盛了些米饭和蔬菜汤拌在一起。刚刚找到位子坐下，正巧遇见了队友、昆仑站厨师姚卫云。看见我的饭菜搭配，他马上告诫我，要先喝汤再吃饭，你这样吃饭对身体不好。一句语重心长的叮嘱，让我感到很亲切，特别是在这种离别的时候，一句简短的问候，都会让人温暖很多。

随着"雪龙"号一路向南行驶，船在不停地摇摆。许多队员

科考队授旗仪式

送行人群

登上"雪龙"号(赵建东 摄)

队员挥手告别

出现了不同程度的晕船,没多久就"倒下"了,对晕船比较敏感的人有的已经开始呕吐了,有些轻微症状的,也吃了晕船药、贴上防晕贴。下午,我随着曲探宙领队看望慰问晕船队员,驾驶室、宿舍、厨房、实验室、轮机房、篮球场……将"雪龙"号跑了个遍。

我之前有多次出海的经历,刚开始的时候还不觉得有什么,但没有"骄傲"多久,我也坚持不住了,总觉得胃里有东西想吐,可又吐不出来。这是我第一次晕船,难受极了。

不知不觉中,到了晚饭的时间。船上厨师考虑到很多人晕船,特意准备了清汤面和西瓜。要是在平时,西瓜肯定是会被早早"瓜分"的,但是许多晕船队友没来吃饭,我们的西瓜还被剩下了,真是可惜。

晚上也没有睡好,由于涌浪比较大,躺在床上总是前后左右地摇晃,根本睡不踏实,迷迷糊糊地度过了起航后的第一个晚上。

赤道上的狂欢

11月9日16时许,随着一声汽笛长鸣,正在望加锡海峡上航行的"雪龙"号GPS纬度显示数据归零,随后纬度显示单位由"N"(北纬)转换为"S"(南纬),标志着"雪龙"号越过赤道,顺利驶入南半球海域。

"雪龙"号起航后,从广州驶进南中国海,并经过苏禄海和苏拉威西海,进入位于印度尼西亚西部的望加锡海峡,然后穿越赤道。没有亲眼见过赤道的人很难体会到赤道的美。当这个我只在课本上了解过的地方,真切地呈现在眼前时,不禁让我难以自已。湛蓝的天空下,海面如丝绸般细腻平滑,阳光洒在海面,映起粼粼波光。

过赤道举行纪念活动是航海界的传统。为了共同纪念这一重要时刻,科考队在后甲板举行了庆祝过赤道仪式——全体队员合影留念、举行过赤道拔河和喝啤酒比赛。

16时6分,曲探宙在过赤道仪式上宣布:"我们刚刚穿越零度纬线,驶向南半球。"现场顿时响起一片欢呼声,我和队友们击掌庆贺,合影留念。

接着,拔河比赛开始。经过抽签分组,确定为"雪龙"号队

男队员参加喝啤酒大赛

女队员参加喝啤酒大赛

"雪龙"号在赤道航行

对战昆仑站队，中山站队对战由综合队、大洋队组成的"联队"。

4支队伍当中，"雪龙"号队、中山站队是夺冠大热门。"雪龙"号队自不必说，常年的海上工作，让船员练就了一身健硕的肌肉，是上一届过赤道拔河比赛的冠军；中山站队被看好的原因是这里有一支"铁军"，中山站队里有几名来自中铁建集团的工人，他们将在站区负责部分基建任务，身体素质更是没话说。

一声哨响，比赛开始。参赛选手寸土必争，观战队友呐喊助威。在首轮角逐中，昆仑站队爆冷击败了"雪龙"号队。同为昆仑站队队员，这让我们士气大振。但好景不长，在与中山站队的决赛中，我们还是力竭败北，与冠军失之交臂。

同一块场地上，喝啤酒比赛也正在举行。比赛规定，参赛选手使用规定器皿喝掉2易拉罐啤酒，用时短者获胜。说是规定器皿，其实是一个1尺多高的实验用玻璃瓶，下面球形，中间为圆柱体，上面敞口，是队员从实验室里借来的。用如此器皿喝啤酒，也算科考队的一大特色。

报名参加喝啤酒比赛的人很多。赤道的气温长年保持在30摄氏度左右，甲板上的温度更高，能够在炎炎烈日下畅饮，即使得不了冠军，也是一件很惬意的事。经过激烈角逐，昆仑站队队友彭毛加措成为最后的赢家，以6秒的成绩夺得了第一。一片欢歌笑语中，庆祝过赤道仪式落下帷幕。

仪式结束后，我来到驾驶台，想拍几张"雪龙"号GPS显示屏的照片，正巧遇到船长王建忠在值班。

这是我第一次穿越赤道，免不了向他请教一些关于赤道的知

拔河比赛

拔河比赛胜利后欢呼

识。他告诉我，赤道的气流多垂直上升，因此赤道南北600海里范围内不会形成大风，被称作"赤道无风带"。"雪龙"号在"赤道无风带"航行，船体非常平稳。

穿越赤道后，"雪龙"号将途经望加锡海峡、爪哇海，并通过龙目海峡进入南印度洋，抵达位于澳大利亚西部的弗里曼特尔港，进行进入南极圈前的最后一次补给，随后将穿越西风带，那才是真正的考验。

航渡生活不寂寞

知道为什么南极被称为地球上的寒极吗？知晓《南极条约》的由来吗？11月10日，"雪龙"号多功能厅内坐无虚席，掌声阵阵，南极大学正式开学。当天，曲探宙讲授第一课——《极地科考的历史、现状与发展》，受到了队员欢迎。

本届南极大学校长由领队曲探宙担任，副校长由船长王建忠担任，科考队副领队孙波担任教务处主任。授课教师是位科考队员。不要小看了这支师资队伍，可谓人才济济。科考队队员来自全国不同地区、不同部门、不同行业。他们之中，有科学家、公务员、船员、机械师、医生、媒体记者等。

南极大学是我国南极科考队的特色活动，面向全体队员开放，组织大家开展文化、业务学习和交流，开展学术讨论，选择安排具有代表性、知识性、实用性的教学内容。南极大学开学前，前几期课程已经排满，由专业对口的队员讲授海洋科技、南极科学、遥感测绘和外事礼仪等方面知识。同时，随船队医、记者也将为队员讲授医疗健康、风光拍摄等方面的知识。

为了组织好南极大学，科考队特意确定了办学校训：开放、博学、促进、提高。虽然是临时性的交流活动，科考队还是建立了考勤制度,对符合要求的队员颁发南极大学毕业证书,并开展优秀学员、教员、优秀班级评选活动。根据科考队实际情况,分第一、第二两个学期开展教学活动。

其实,为了丰富航渡期间的业余生活,科考队费了不少心思。"雪龙"号起航后,手机就没了信号,因此"雪龙"号局域网成为队员们重要的交流平台。大家可以通过局域网了解科考队和"雪龙"号的动态消息。正是因为局域网的存在,队员们的航渡生活也多了些温暖与欢乐。

当时,"雪龙"号刚刚起航,局域网新闻消息和图片还没有更新,大多还是"雪龙"号此前执行中国第五次北极科考的内容。为了给大家提供方便快捷的交流平台,及时更新网站内容也成了科考队近期一项重要工作。11月6日,科考队领队助理张体军组织相关人员召开会议,研究和安排"雪龙"号局域网站的信息更新工作,我作为随队记者,自然也身在其中。

我走进会议室时,综合队、中山站、昆仑站、大洋队和"雪龙"号负责新闻宣传的副队长、网络技术工程师已经就座。会议氛围很轻松,由于我的本职工作就是记者,近期拍摄的照片比较多,因此当仁不让地承担起"雪龙新闻""极地摄影"2个栏目的信息更新任务。

说来惭愧,科考队起航以来事情千头万绪,再加上有些晕船,此前我还没有仔细浏览过"雪龙"号局域网。回到船舱,我第一时间登录"雪龙"号局域网,没想到它内容还真不少,仅在主页就有天气预报、通知公告、雪龙新闻、雪龙风采、科考动态、极

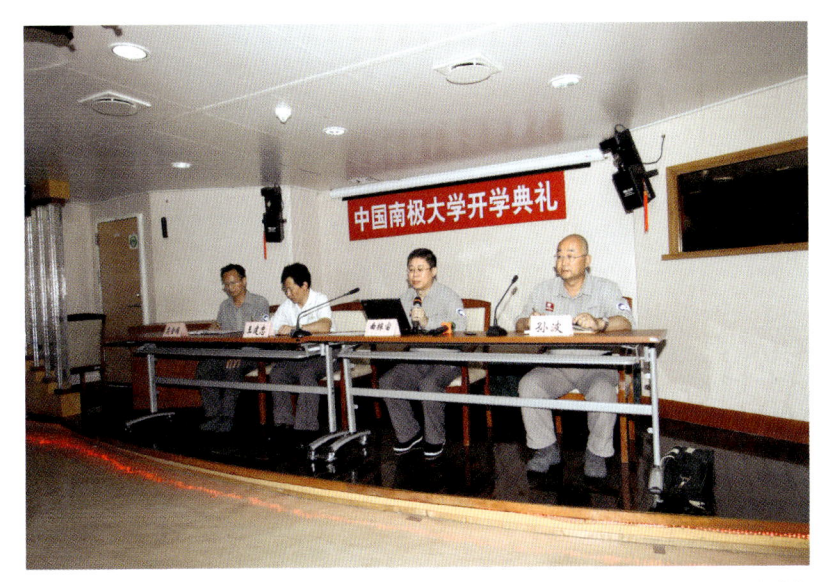

南极大学开学典礼

南极大学授课

队员为庆祝党的十八大胜利召开合影留念

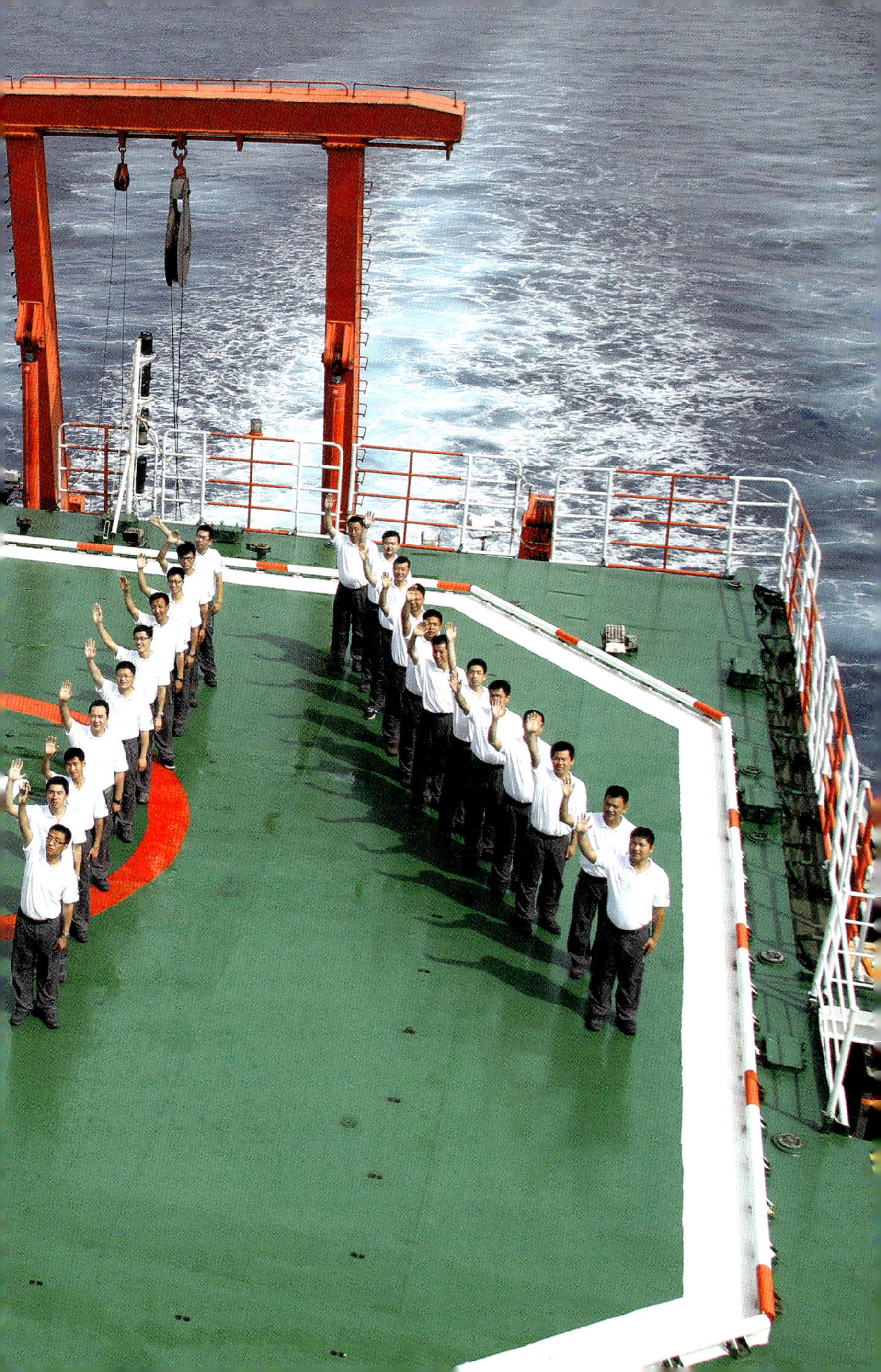

地摄影等栏目。同时,"雪龙"号局域网还兼顾了短信平台、邮箱平台、BBS论坛、资源共享等多种功能。

其中,走航地图是最受欢迎的栏目之一。点击进入,页面上就赫然出现了北京、上海、武汉这三个城市的位置,以及"雪龙"号航行的标记。北京是首都,上海是"雪龙"号国内基地,有它们的位置显示倒是能够理解,但有武汉的地理位置,让我没有想到。我后来听说,因为这个系统是武汉大学研发的,所以加了武汉的位置坐标。

在系统里,点击"雪龙"号所在的位置,上面写明"雪龙"号当前与上海基地码头距离:2088公里;距离长城站:14512公里;距离中山站:9752公里。当前,航速15.6节、航向154.9度。通过这个网站,"雪龙"号航速航向、电力消耗等数据一目了然。

既然分配了工作,就要把事情做好。我用了一下午的时间,将最近拍摄的照片和写的文章做好分类,择优上传到了网站上。看着网站上的栏目在自己努力下逐渐充实起来,我很有成就感。

重新登录网站,发现原来不只是我在为这个事情忙碌。随船气象预报员王晶已经将未来48小时的天气预报更新到了网站上;BBS的美食天地栏目中,大厨包志相把明天的菜谱张贴了出来。留言栏里,大家纷纷跟帖表示非常期待。

吃晚饭时,我听到了一个好消息。公告栏上,已经张贴了"雪龙"号局域网的电子邮箱账号和密码,每个人都可以通过这个账号和密码向国内发送邮件。虽然费用比较贵,价格是0.15元/kb,不管怎样,终于拥有了可以和外界交流的渠道,还是让人非常高兴。

小甲板上的大生活

告别了平静如镜的赤道,"雪龙"号一路向南,奔赴下一个目的地——澳大利亚的弗里曼特尔港。不知道为什么,"雪龙"号这几天都摇摇摆摆的。许多队员晚上都没有睡好觉,走在船舱里也如同踩在棉花糖上一样。

晚饭时的餐厅,也一下子变得冷清起来,往常吃饭都是要排大队的,有时来晚了,连位子都找不到,现在倒是畅通无阻。

为了弄清原因,我追着随船气象预报员王晶问:"这到底是怎么了?现在浪高、涌高多少?"

她笑着说:"现在还好吧,主要是由于涌浪在发挥作用,这还只是西风带传来的余波,海况还算可以的。"

一些老船员告诉我,要想应对晕船,千万不能在船舱里躺着不出屋。吃完饭可以到货舱甲板上溜达溜达,那里摇摆度相对较小,再加上吹吹海风,可能会舒服些。

货舱甲板位于"雪龙"号的中央,有一块面积有篮球场大小的平台,许多队员都喜欢晚饭过后在这里散散步、聊聊天。

我来到货舱甲板上时,这里已经聚集了不少队友。中山站的刘婷婷和大洋队的邢洁正蹲在墙角啃西瓜。原来这对室友是因为

海上日落

队员在餐厅就餐

在餐厅里吃饭总感觉晕乎乎的,实在没胃口,所以就跑到甲板上吹海风、吃西瓜。她们告诉我,这已经是她们在这里"连续奋战"的第二天了,这里成了她们在船上除了宿舍的"第二个家"。

晚饭过后,夕阳西下,许多队员都在这里拍摄夕阳,昆仑站的徐灵哲就是其中之一。由于平常也没有机会出海,他这次搭乘"雪龙"号可算是能够好好地过一把拍摄海景的瘾了,平常没事儿时,他就拿起相机记录航渡期间的沿途风景。在夕阳余晖的映射下,海面仿佛一块巨大的金色丝绸,安静、柔美。只见他在甲板上对着夕阳连摁快门,然后拿着相机同我分享作品,就凭他这股子摄影热情,就值得赞赏。

在甲板上,我还遇到了中央电视台的任文杰。我们同为随队记者，所以平常的交流也就多了些。原来这哥们儿也是有些晕船，在舱里实在待不下去了，才出来溜达。还别说，在这里放松一下还真有效，感觉船的摆动幅度明显减小，头也不像在舱里那么晕乎乎的。

　　小小的甲板不起眼，还真是个好地方。茫茫大海上，除了餐厅之外，船上最热闹的地方当属甲板。大家平时分散在船上各个岗位，也见不到面，只有在这里才能聚在一起，聊聊天，不仅分散了晕船的感觉，还加深了队员间的相互了解。

别了人类社会

11月19日下午,澳大利亚弗里曼特尔港湾,晴空万里,阳光和煦。"雪龙"号犁浪前行,渐渐驶离澳大利亚。

"再见,人类社会!"甲板上,我们向弗里曼特尔,这个美丽的澳大利亚西部港口告别,结束了抵达南极之前的最后一次补给,奔赴南极中山站。大家赶紧抓住最后机会,疯狂刷着手机,"抓住"这即将失去的网络信号。

与弗里曼特尔初见于11月16日下午。弗里曼特尔港是澳大利亚西部重要港口,被称为澳大利亚的"西大门",位于西澳首府珀斯市西南19公里处,是一个小镇。由于特殊的地理位置和优良的港口条件,这里成为各国科考船往返南极的重要补给基地。

停靠期间,我们共补给淡水400吨、油料460吨,以及新鲜的蔬菜和水果,同时,近5吨的科考设备及物资备件也运送到船上。23名队员也在这里登船。目前,船上承载人数已达169人,是本次南极科考队在船人员的最高峰。

这是出发以来,"雪龙"号停靠的第一个外港。10多天的航渡中,绝大多数时间我们看见的只是天空、海浪,就算是从海面掠过一只飞鱼,也能引起大家的关注。尽管停留时间不长,但是对于已经在海上风雨兼程、日夜奔波 10 多天的队员们来讲，终于可以接一接"地气"了。特别是有晕船反应和思乡心切的队员，都想借着这个机会好好调整，买一张当地的电话卡，给家人报个平安。

站在"雪龙"号上远眺小镇，许多 19 世纪欧陆风格建筑映入眼帘，街道两边是葱绿的椰树和杉树，与大海、蓝天共同组成一道亮丽的风景。一位敬业的澳大利亚警察正在码头边站岗，查验证件。

迎着初夏的阳光，我走上了弗里曼特尔的街道。弗里曼特尔面积并不大，常住人口只有 3 万多人，是当地著名的滨海度假地。在这里，没有大城市的喧嚣、没有行色匆匆的人群、没有拥堵的交通、没有按着喇叭疾驰而过的汽车。有的只是公园里晒太阳的老人、自弹自唱的街头艺人、坐在咖啡店闲谈的男女。

当地小商品市场非常热闹，许多队员都到市场里闲逛，采购日用品。当地电话卡是队员们采买的首选。老队员告诉我，这里的电话卡价格并不贵，10 澳元一张，可以同国内通话约 3 个小时。

弗里曼特尔教堂旁的小广场，可提供免费的无线网络，聚集了许多队员。虽然网速"巨慢无比"，但是许多人还是抓紧机会"蹭网"。队员中，有的是新婚燕尔，在出发前才得知妻子怀孕，对于家的思念时刻环绕心中。网速虽慢，却可以让队员们好好地在异国他乡，感受一番家的温馨与美好。

前段时间，有的队员由于船上联络不便，耽误了工作，正在这里"加班"。吉林大学的范晓鹏正在申报一个研究课题，但在船上一直没有办法第一时间了解申报进展，他就借机在这里收发工作邮件，填报课题材料。

回到码头，远远地看见昆仑队的李传金正和几个朋友在"雪龙"号前合影。原来这几个人是他的大学同学，正巧在当地一所大学当访问学者，听说"雪龙"号停靠的消息后非常兴奋，借着这个机会看望同学，参观一下"雪龙"号。

傍晚时分，气温降了下来，海风带着丝丝寒意，轻摇的海浪让人心神宁静。小镇上亮起了万家灯火，让我联想到家的温馨。不知不觉中，时间在弗里曼特尔悄悄地流逝，科考队也将迎来传说中的"咆哮西风带"。

西风带环绕南极大陆，是我们前往南极的必经之地。气象预报员闫涵介绍说，"咆哮西风带"目前气旋活动频繁，对本段航程会产生较大影响，预计浪高将会达到5.5米。

近年来，随着气象监测手段不断提升，"雪龙"号已经安装了卫星云图接收系统，可对船只周围20个经度和20个纬度范围内的气象情况实时监测，为掌握气旋移动速度等情况提供了有力支持。

目前，科考队已做好物资固定等工作，为安全驶过西风带做好准备。

珀斯街道一角

弗里曼特尔菜市场

当地居民在公园野餐

在弗里曼特尔的街道

队员在小广场蹭网

穿越"咆哮西风带"

11月27日清晨,我欣喜地发现,"雪龙"号明显比前两天平稳了许多,跑到驾驶台去询问缘由,原来我们已经在凌晨成功穿越西风带。

人们总是用"咆哮"来形容西风带,更有人将其比喻为"魔鬼"。西风带是指在南纬40—60度区域有一个长年盛行西风的环球低压区。广阔无阻的洋面,为大风浪的形成与发展提供了有利条件,使得西向大风久兴不衰。环绕南极大陆排列着若干个气旋活动于西风带内,大大加重了西风带内天气的恶劣和复杂程度。

西风带作为我国南极科考的必经之地,尽可能让科考船平稳顺利地穿越西风带,是历次"雪龙"号航渡工作的一项重要任务。船长王建忠介绍说,此次"雪龙"号在穿越西风带期间共经历了两个气旋过程,分别在11月22日和24日位于南纬30多度和40多度的位置正面遭遇了气旋的袭击,与以往不同,今年"雪龙"号在经历这两个气旋之间几乎没有时间空隙,这也是"雪龙"号自2000年穿越西风带以来,经历气旋过程密度最为集中的一次。

"这两次气旋过程分别持续48小时左右,其中在第二次过程中,风力最高达到12级,浪高达到6米。"随船气象预报员闫涵

"雪龙"号在西风带航行

介绍说。

"在启航之前我们就做好了充分准备，对船舶进行了细致的安全检查和保养，调整好了船舶的状态，所以并没有由于天气原因影响船舶安全和航行。"王建忠说。

其实，在穿越西风带之前就听闻过不少老队员的惨痛经历，这让许多新队员都感到紧张。见习船长赵炎平告诉我："最近几年，'雪龙'号穿越西风带的时候，船摇摆的幅度一般在20度左右，在部分地区也会有摇摆到30度的时候。风浪大的时候，甚至直接打到位于7层的驾驶台上。"

老队员告诉我，1991年3月，"雪龙"号的前辈、我国第二代极地科考船"极地"号航行到南纬55度海域时，曾遇到35

科考队领导慰问坚守岗位的船员

米/秒的强风,浪高达 8—9 米。山一样的巨浪呼啸而至,将船尾部盘结的粗缆绳全部打散,冲入海里;在后甲板上的蒸锅也被卷入大海中。

进入西风带后,船上的电梯早已停掉,所有水密门也都关闭了,没有特殊原因,队员是不允许到甲板上作业的。

航行在浩瀚无际的海面上,"雪龙"号轻如鸿毛一般,上下颠簸、左右摇摆,感觉就像有各种力量从不同方向推搡着船,逐渐海面上涌浪越来越长,不时会将船头掀起来,然后再狠狠地"摔"在海面上。剧烈的晃动让人走起路来头重脚轻,一会儿左摇右晃,一会儿前赴后继,要想在船舱里走动必须学会"曲线救国",调整好身体重心以适应船倾斜的角度,迈步前行需要走个半弧。

在甲板上远远望去，灰暗的海面上传来一波波怒浪狂涛，连绵起伏的海浪就像一波波悍不畏死的勇士"愤怒"地拍打着船舷，阵阵海风吹来，恍如身处数九寒冬一样冰冷刺骨，即使穿上专业的防寒服也没有什么作用，不一会儿就会被冻僵。

站在船舱里，只看到窗外的天际线，随着船的摇摆时隐时现，走廊里时常传来噼里啪啦的物品倒塌声和队员晕船的呕吐声，房间里一片狼藉，就连铺了防滑垫的食堂也是如此，不仅是油盐酱醋东倒西歪，队员就餐时在座位上也坐不稳，一不小心就会连人带碗筷一起滑走。

我和几位队员正赶上24日到厨房帮厨。在厨房切菜、刷盘子时，能明显感觉到船身的倾斜，必须抓住柜子、桌子的边缘，才能保持身体平衡，来餐厅吃饭的人也明显减少。在餐厅吃饭时，发现餐厅对着船头方向的墙壁一直在哐哐作响，海浪在大风的助推下，拍打着舷窗。范晓鹏十分幽默，应景地唱起了即兴改编的歌："是谁，在敲打我窗。是海浪，在拼命敲打我窗。"逗得大家一阵大笑。

驾驶台、气象预报室、厨房、实验室、轮机房……令人敬佩的是，就算是大风大浪，还有许多人坚守在工作岗位上。

经验斗不过好运气

冰山是南极的标志性景观,也是最让新队员向往的风景。"雪龙"号还没有穿过南纬 60 度的西风带进入南大洋之前,许多队员就已经按捺不住地频繁往驾驶台跑,眺望海面,看看有没有出现冰山。

11 月 27 日,当队友通知见到冰山时,我兴冲冲地抓起相机冲向驾驶台。到了才发现,这里已经有很多人在等候,纷纷抢占了有利位置,长枪短炮一起对准这座期盼已久的冰山,惊呼和赞叹此起彼伏。

远远望去,蔚蓝的海面上漂浮着那座冰山,简单的白色和蓝色构成摄人心魄的美,洁白无瑕、冰清玉洁,仿佛一座巨大的海上宫殿悠然矗立于天地之间,不染红尘。

其实,冰山也是有生命的。数万年前的降雪,渐渐积压成冰,冰再经过数万年的移动,在大海边缘断裂而成冰山。我们所见的在海中漂浮的冰山,平均寿命只有 12—14 年,最终会在海上融化成冰。冰山不只有美丽的一面,同时也代表着危险。尖顶形冰山水下部分伸出巨大的底盘,有的冰山远处看上去是两座冰山,实际上是连在同一个底盘点上,水下伸出的部分就像是暗礁一样,给近距离航行的船舶造成了巨大威胁。

其实，大家如此关注第一座冰山还与"猜冰山"活动有关。进入西风带后，"雪龙"号的一项传统竞猜活动——"猜冰山"活动正式拉开了序幕，获胜者将会得到科考队颁发的奖品。

11月25日晚，船上广播通知"猜冰山"活动开始后，仿佛是给饱受西风带"折磨"的队员们打了一剂"强心针"。因为大家都明白，看到冰山就意味着离穿越西风带不远了。

晚饭时间，"雪龙"号一下子热闹了起来，许多因为晕船多日卧床的队员也出现在了餐厅，满怀期待地将第一座发现的冰山位置填写在公告栏上的表格里。

老队员吴文会是一名地理信息测绘方面的专家，多次参加南极科考，大家都希望能从他那里打听到比较靠谱的答案。"冰山一般出现的概率大多在南纬56—58度。"经验丰富的老吴倒是不卖关子，俨然成了新队员的竞猜导师。

参赛前，昆仑站副站长史贵涛信心十足，他将20多个昆仑站队员发动起来，组团竞猜，每个人按照一定的纬度间隔填写，大面积撒网"捞答案"，承诺得了奖品大家一起分。

但是也有将"不靠谱"进行到底的，大洋队刘骁就干脆把自己的生日作为冰山出现纬度填写了上去。

"其实，这个猜冰山全都是凭借运气。"去年参加猜冰山的经历让副领队李院生印象深刻。"去年竞猜冰山时，还没到活动截止时间，我们就在南纬52度看到了冰山，按照经验填写的人全军覆没。"

首次发现大冰山

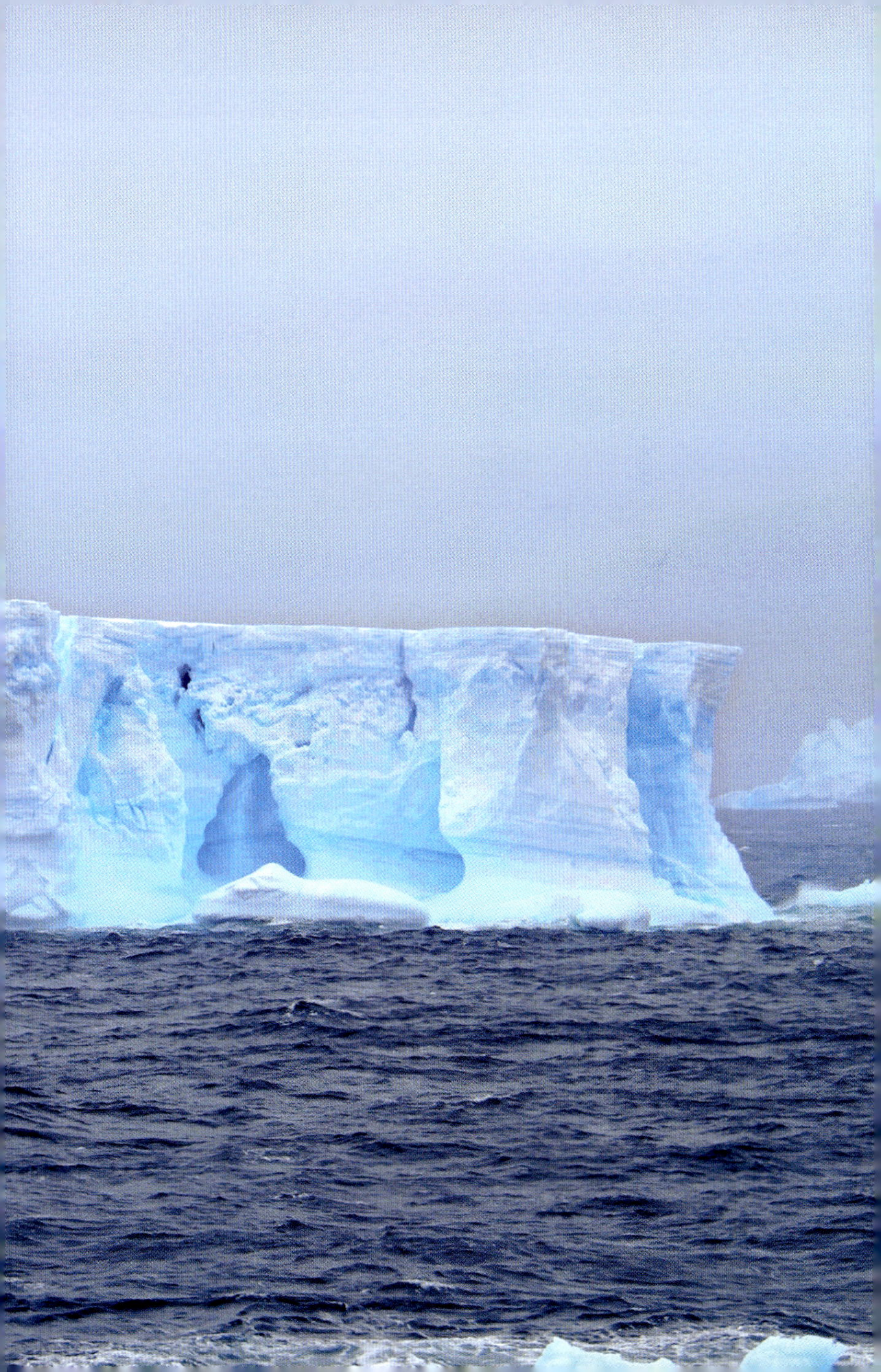

最后，按照从雷达上发现的本航次的第一座冰山南纬58度30分的位置，队员邱庆丰荣获冠军，成绩为南纬58度32分。果然，参照去年经验竞猜的队员，都落榜了。

欢笑过后，大家都知道科考队将面临一场攻坚战——海冰卸货。大量的物资将需要全体科考队队员，24小时不分昼夜地辛苦工作上15天左右，到时候昆仑站的25名队员将奔赴冰穹A，中山站度夏和越冬的队员将赶赴中山站，大洋队则会随船往南极普利兹湾等海域科考，再要重逢就要待到来年。

剃掉"烦恼丝"

"雪龙"号劈波斩浪在浮冰区航行。站在甲板上，不时可以看到形态各异的小冰山在海面漂浮，像是一份见面礼，预示着那块冰封雪裹的大陆，真的近了，更近了。理发室内，气氛格外热烈。这几天，昆仑站队的队友都在忙活着一件事——剃光头。

其实昆仑站队早就有剃光头的传统，这还与南极内陆生活的特点有关。从中山站到昆仑站，再从昆仑站返回中山站，昆仑站队每次在南极冰盖上的科考时间大约历时 60 天。在科考期间淡水供应十分有限，所有淡水都必须要用专门的设备融化取得，每人每天大概只有一升水的供应量。因此，洗头成为一件非常"奢侈"的事情。2 个月不洗头对于大部分人来说都是很难忍受的事情，但是对于昆仑站队却是必须克服的困难，所以大家就索性剃光头。

早在"雪龙"号起航不久，昆仑站队队长孙波、党支部书记崔鹏惠等就已经将头发剃光了。从弗里曼特尔离开后，昆仑站队的其他队员也陆续地剃了光头。机械师王俊铭可以说是船上理发的一把好手，已经多次参加南极科考，有在长城站、中山站执行越冬任务的经验。他都已经记不清给多少队友义务理过发了。一把理发刀让他用得熟练无比，光头、平头，信手拈来。他喜欢与

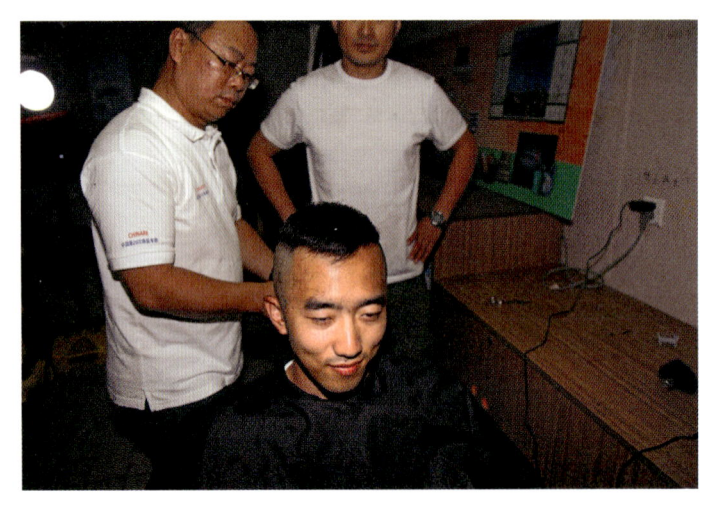

队友帮助我剃光头

队友开玩笑，理发时也不会墨守成规，常常是先给大家弄出一个怪异的造型，然后再剃光。

昆仑站队厨师姚卫云本来打算理出来一个"姚"字，可是实施起来实在困难，所幸就理出一个字母"Y"来，他开玩笑说，这既是名字的首字母，也是为咱们以后在南极建机场画的跑道图；轮到沈守明时更搞笑，剃刀一下去，直接理出个"地中海"，逗得大家一阵大笑。

看着大家都是光头，我也不禁动了心思，人生第一次剃了光头，心里默想，就算为南极科考纳"投名状"了。

其实，剃光头也不只是昆仑站队的专利，许多队员都把它当成一个突破自我的机会。队员里，许多人是科研人员、公务员，在国内工作和生活时要考虑自己的形象，也没有剃光头的机会。南极科考队从国内出征再到返回国内一般需要5个多月，在途中剃光头，回国的时候头发也已经长出来不少，在这种情况下，尝试光头的人就多了起来。

在这当中，两名女队员剃光头最让人意外。随船气象预报员王晶今年30岁，来自浙江省海洋监测预报中心。爱美之心人皆有之，更何况是年轻的女孩。此举让许多人都意想不到。

王晶说："我其实早就有理光头的想法，这次南极科考正好给了我机会，之前跟老公说后他也很支持，那就理了呗。"

也许是受到王晶的启发，同为室友的新华社女记者徐硙也萌生了剃光头的想法，并与大家相约在她生日那天进行这个"壮举"。本以为是一句玩笑，没想到几天后在餐厅再遇见她时，真的已经是光头造型了。

"啥时候弄的光头呀？"面对询问，徐硙淡淡地说："这有什么呀，能节省多少淡水和洗发液呀，就算是为节约用水作贡献吧。"

也许这就是天堂

当我乘坐直升机,飞过茫茫冰海,在东南极拉斯曼丘陵上空盘旋时,心中不禁有一丝感动:"终于见到你,中山!"

11月底,经过近一个月、超过1万公里的航行,"雪龙"号抵达南极普利兹湾的陆缘固定冰区,距离中山站只有20多公里。

中山站建成于1989年2月26日,是我国第二个南极科考站,也是第一个建立在南极圈内的科考站。从建成开始,每一年都有越冬队员留守在中山站,他们要克服极昼极夜、酷寒、暴风雪等种种考验,完成气象常规观测、高空大气物理观测等科考项目,还要保证站区正常运行、机械设备检修等各项任务。

12月1日上午,科考队领导乘坐直升机先期来到中山站,慰问留守在中山站的越冬队员。我随同抵达,有幸成为此次赴南极科考队中第一批登陆中山站的队员。

直升机从后甲板腾空而起,螺旋桨发出刺耳的轰鸣,掀起巨大气浪,庞大的"雪龙"号渐渐在视野中成为白色冰海中的一叶扁舟。极地高空俯视,一座座淡蓝色的冰山镶嵌在南极大陆边缘,天蓝水湛,冰素云白,亘古苍茫,沉静绝美,奇异梦幻。

曾经,我看过一位外国作家在文章里这样描述南极:"我不曾

"雪龙"号在南极冰区航行

南极的冰山

想象过天堂的模样。但南极的大自然以它丰富的想象力，为我做了一次虚拟实境。而我几乎就要相信，如果有天堂，它应该和这样的场景与感觉最接近……"果然，南极不负传说中"天堂的模样"。

由远及近、从高到低，我们随着直升机一路飞行，中山站的站区渐渐清晰起来，很快就看见站在停机坪边的中山站越冬队员。直升机还没有降落，越冬队员们就迫不及待地敲起锣鼓，挥手欢呼。舱门刚刚打开，队员们快步跑上前来，与老朋友紧紧拥抱，相互问候。

昆仑站党支部书记崔鹏惠和中山站站长韩德胜是老相识。老崔去年从中山站回国时，就是韩德胜送的行。时隔几个月，老友相聚，一个大大的"熊抱"、相互拍打脸颊是这两个老南极表达激动的方式。此时此刻，一切尽在不言中。

"本来我觉得自己挺坚强的，可还是忍不住内心的激动呀。"越冬队员李玉峰外表粗犷，17个月的越冬生活都没有让他有丝毫的畏惧，但这时却眼圈泛红。"早就知道你们要来，之前看到了上站人员名单，从那个时候就开始期盼，现在兄弟们终于到了，这个感觉真好。"

为了慰问越冬队员，我们带了哈密瓜、葡萄等水果，毕竟在艰苦的越冬生活中，新鲜的水果和蔬菜比什么都要宝贵。我们和越冬队员一边攀谈，一边搬着水果走进综合栋。

韩德胜告诉我，今天对于中山站越冬队员来讲，就像是一个节日。期盼了近17个月，终于等来了科考队的兄弟们。昨天，大

直升机运输队员上站

航拍中山站一角

越冬队员挥手欢迎新一批队员上站

登上中山站

家几乎一夜没睡，仔细打扫了生活栋和综合栋，把过年时候才用的锣鼓搬了出来，在停机坪旁贴上了"热烈欢迎29次队上站"的慰问标语，就像过年一样热闹。

其实，科考队的到来并没有意味着越冬队员可以放松，反而有更加艰巨的海冰卸货任务在等待着他们。为了协助科考队海冰卸货，越冬队员已经连续一个多星期在海冰上探路了。在强烈的紫外线下，许多队员的脸颊除了戴墨镜位置，都被晒成了紫黑色，留下了2个"白眼圈"。

"请大家放心，我们站好这一班岗。"我们在综合栋落座，韩德胜平复了一下心情，向科考队领队汇报说，越冬队员已经完成了车辆检修、清除道路和堆场积雪、住宿等保障准备工作。目前，正在密切观察中山站周围的冰山变化和冰裂隙情况，为冰上运输卸货做好准备工作。

当天，我在中山站宿舍栋入住。相较"雪龙"号船舱，这里更加宽敞，四人一间，有写字台、暖气，如同大学宿舍。拉开窗帘，就可以看到茫茫冰原，是名副其实的"冰景房"。接下来几天，我和昆仑站的队友们就要开始繁忙的海冰卸货，把船上的科考物资运到距离中山站一个多小时路程的内陆出发基地，24小时连轴转地干活。

白夜无眠战海冰

入夜的南极，一片苍茫。虽然已是凌晨，但此时正值南极极昼，24小时都是白天。我和队友李玉峰没有休息，穿戴好连体羽绒服、防寒手套、特制雪地靴后，径直走向中山站广场。在那里，一辆凯斯鲍尔PB300型雪地车已经准备就绪，我们要驾驶着这辆雪地车往返于"雪龙"号和中山站之间，执行海冰运输任务。

自"雪龙"号停靠在南极中山站附近的陆缘冰区域后，"雪龙"号克服各种困难，努力破冰前行，可距离中山站仍然有11公里的路程，跌宕起伏的冰山和坚硬的海冰成为"雪龙"号与中山站之间巨大的屏障。12月4日，南极科考队决定，中山站第一阶段现场卸货工作立即展开。

"由于受到现场各方面条件的影响，中山站卸货时间紧、任务重，我们将采用海冰运输和Ka-32型直升机吊挂作业相结合的方式。"副领队李院生介绍说，此次中山站卸货运送的物资为昆仑站350吨物资、中山站用油700吨、中山站建材1200吨和部分科考物资。其中，直升机主要负责将昆仑站物资吊挂往位于南极内陆冰盖边缘的内陆出发基地，而雪地车则主要负责运输中山站物资和建材等。

我们驾车一路向"雪龙"号行驶,寒风夹带着雪粒,打在挡风玻璃上,"噼噼啪啪"直响。雪地车里,李玉峰神情专注地驾驶,我坐在副驾驶座位上帮助瞭望。掉头、转弯、加油行驶……笨重的雪地车在他娴熟的操作下显得干脆利落,拖在雪地车后面的2个专门用于承装集装箱的巨大雪橇也是平平稳稳的。

夜晚的南极,温度骤降,执行护送雪地车任务的大洋队副队长高立宝冒着凛冽寒风,驾驶着全地形摩托车在海冰上艰难前行。看似平坦的冰面,到处都是沟沟坎坎,雪地摩托碾过海冰时会发出剧烈震颤,他必须抓紧把手,否则很容易被甩飞。

安全是完成一切任务的根本前提。广阔平坦的冰面看似坚固,其实分布着许多脆弱的冰裂隙,威胁着海冰运输安全。当我们行驶到冰裂隙旁时,发现这里已经被之前来此的海冰探路组队员连夜用木板、钢槽搭建好了"浮桥",并插上了警示用的彩旗。

瑟瑟寒风中,4名队员守护在"浮桥"旁,时刻关注海冰的变化。摇下车窗,我们打了一个招呼,快速穿过"浮桥"。

我们抵达"雪龙"号旁时,负责海冰卸货的队员已经就位了。随着对讲机里呼叫声此起彼伏,"雪龙"号上巨大的吊车仿佛一只灵活的大手把一个个集装箱从船上吊到雪橇上,大家共同协作,将集装箱捆扎牢固。完成集装箱装载后,我们不敢停歇,立刻驾车返回中山站……寒夜之中,雪地车在海冰上不停奔波,注定无眠。

海冰卸货是历次南极科考的重头戏。抵达中山站之前,科考队就制定了细致的卸货实施方案,确定了人员分工,按照时间和任务量对第一阶段卸货进行了部署;为做好卸货工作,船上还开

"雪龙"号吊运集装箱

驶往中山站

队员驾驶雪地摩托探路

在海冰卸货现场

展了技术培训，确保物资准备工作落实到位；中山站的越冬队员密切观察中山站周围的冰山变化和冰裂隙情况，为冰上运输卸货做好准备；大洋队全体总动员，海冰探路、飞机加油、搬运货物处处都能看见他们的身影。

"中山站卸货非常辛苦，面临潜在的风险和挑战，我们要有思想准备。"在海冰卸货动员会上，领队曲探宙动情地说，"前一阶段的工作已经证明，我们是一支思想、素质过硬的队伍，是一支团结协作、勇于战斗、敢于拼搏的团队。我们一定能打好中山站卸货这场硬仗。"

冰盖上有群"小浣熊"

内陆出发基地,地处南极内陆边缘的冰盖之上,距离中山站约一个小时车程,终年云遮雾绕、冰封雪飘。每次到南极昆仑站进行科考前,队员们都要在这里过上一段头顶烈日、背雪化水的日子,为内陆科考做好准备。

从中山站出发,我们驾驶雪地车,碾过厚厚的积雪,在仰角达到30度以上的"中俄大坡"急转而下,经过异常颠簸的冰雪路,终于抵达了内陆出发基地。

从昆仑站队抵达中山站后,内陆出发基地变得热闹起来。我们顾不上休整,第二天就扎进了内陆出发基地,接应直升机吊挂作业、修理雪橇、捆扎科考物资、清理生活舱……这些工作费力又琐碎,我们每天有10小时以上的时间都在内陆出发基地作业。

"内陆老崔、内陆老崔,我是雪龙!直升机现在吊挂一个集装箱飞往内陆出发基地,请注意!"连日来,对讲机中经常会传来这样的呼叫声。

"我是老崔,收到!"崔鹏惠挂掉对讲机后,接着向我们喊道:"大家注意,做好准备,飞机马上就到。"不一会儿,只见Ka-32直升机犹如一只不知疲倦的雄鹰,吊挂着集装箱和满载科考物资的网兜，穿云破雾，呼啸而来，放下货物后，又马不停蹄地返回"雪龙"号。

在旷远辽阔的雪原上，冰沟交错、险山纵横，昆仑站队的科考及生活物资运输全靠Ka-32直升机吊挂作业。Ka-32直升机每架次最大吊挂重量为5吨，而昆仑站队带往南极内陆的物资约300吨，需要100多个架次才能运完。

每次直升机吊货过来，都需要有人把挂在吊带或网兜上的钩子摘下来，身手灵活的姜华在队里负责摘钩。每次直升机呼啸而来，他首先会挥舞起双手，指引直升机吊放货物，等到货物落地后，他扎稳马步、低头猛冲、摘掉挂钩、转身撤离，整个过程一气呵成，干净利落。

有几次，我想近距离拍几张直升机吊挂作业的照片。但面对直升机螺旋桨搅起的狂风，我根本没有办法举起相机，寒风夹着雪粒如同冰雹一样打在身上，砰砰直响，冻得我直打寒战。只能转身背对直升机，蜷缩在雪地上，进退不得，等到直升机飞远了才能起身。

捆扎物资与吊挂作业同样重要，关系到昆仑站队奔赴南极内陆车队的行进速度。昆仑站队出发后，300吨的科考物资将被安放在30多个雪橇上，由雪地车拖着在冰盖上运输。

机械师姚旭多次参加南极科考，这次负责组织大家捆扎雪橇上的科考物资。一个个集装箱、一个个油囊、一个个科考设备被分门别类捆扎在雪橇上。绑扎过程中，要注意将有可能在科考过程中首先使用的设备放在雪橇外围，方便随时取用。

"如果物资捆扎不牢固，被风吹开就麻烦了，咱们都得停下来再次捆扎。"老崔对物资捆扎要求很严格，经常在雪橇边踱步，偶尔弯下身子，检查捆扎情况。"一定要捆扎牢固，如果晃动了，还可能把雪地车带翻，咱们都危险。"

冰盖作业还需要克服许多困难，南极冰盖上炙热的阳光、强烈的紫外线、厚厚的冰雪、异常干燥的气候，都是南极生活的重重障碍。刚到冰盖上没几天，我的脸上除了戴墨镜的位置，其余都被晒成了紫黑色，像个"小浣熊"。嘴唇干裂难忍，血迹斑斑，碰一下钻心地疼。

"终于领教了南极的太阳是有多毒辣了。"队医彭毛加措来自青海，也算是久经紫外线的"烤验"。即便如此，初到冰盖他也是难以适应这里的工作环境。有一次，他一边摸着被紫外线灼伤的脸颊，一边跟我开玩笑地说，这要是到了昆仑站，大家都得从"小浣熊"变成"黑煤球"。

经过一段紧张又忙碌的工作，昆仑站队出发前的准备工作基本就绪。再过几天，我们昆仑站队的队员将从这里出发，奔赴海拔 4093 米的冰穹 A 地区，那片亘古沉睡的南极冰盖，将再次留下中国人坚实的足迹。

中山站通往出发基地的道路

雪地车翻越俄罗斯大坡

出发基地冰盖风光

出发基地一角

直升机吊运物资

队员迎着直升机为物资"松绑"

队员在出发基地整理物资

队员检修雪橇

队员检修科考舱

在出发基地的雪地车上

在出发基地驾驶雪地车

雪地车突陷冰缝难自拔

除了恶劣的自然环境，南极科考还要时刻准备应对突发的险情。

12月11日中午，昆仑站队派出两辆卡特雪地车，向内陆50公里处运送部分油料，为16日昆仑站队出发奔赴昆仑站做准备。下午，队员王俊铭、杨元德驾驶着1号卡特雪地车和王焘、沈守明驾驶的2号卡特雪地车在完成任务后，一前一后沿着内陆队既定科考路线返回。

昆仑站队向内陆进发的前200公里属于海拔急剧上升的高危路段，雪地车拖曳过多、过重的雪橇非常困难，因此昆仑站队在奔赴冰穹A地区之前，必须把油料、食品等部分物资先运送上去，这也是历次南极内陆科考的惯例。

突然，意外发生了。回程途中，雪地车遇到了冰裂隙。发现行驶前方有冰裂隙后，王俊铭一边通过对讲机通知2号车，"小心，前面有裂隙"，一边猛打方向盘，试图躲过冰裂隙，但刚掉过头来正准备与王焘他们商量怎样避开冰裂隙，王俊铭和杨元德所在的1号车突然发生侧滑，右侧轮胎陷入了冰裂隙中，不能自拔……这是中国南极科考历史上首次发生雪地车被陷南极内陆冰裂隙的情况。

冰裂隙就是通常说的冰缝,是冰川在运动过程中由于冰层受应力作用而形成的裂隙。南极冰盖下的冰裂隙深不可测,深度可达数千米,站在边上向下望的感觉,比站在几十层的高楼上向下看还要恐怖,两边的蓝色冰体,就像"地狱之门",令人不寒而栗。

发生险情后,4名队员一边向内陆出发基地报告情况,一边迅速撤离陷入冰裂隙的卡特雪地车。

可还没走几步,杨元德就突然感觉到脚下一空,身体顷刻间陷入狭小的冰裂隙当中。幸好他眼疾手快,张开双臂撑在了冰面上,几番挣扎之后,努力将肩部和头部探出冰面。走在杨元德身后的沈守明见状,不顾冰裂隙的危险,立刻跑上前去将他拉了上来。

接到报告后,科考队启动应急响应,副领队李院生、孙波赶赴现场指挥。得知险情,我与救援人员携带安全绳、十字镐、铁锹、软梯等,急速搭乘直升机赶往事发地点。

十几分钟后,随着直升机一路飞行,我们抵达了救援现场上空。从空中望去,可以清晰地看到一辆卡特雪地车已经陷入冰裂隙当中,而距离它百米之遥的是另一辆卡特雪地车。

在救援现场外围,昆仑站队党支部书记崔鹏惠已经带领着部分队员驾驶着2辆PB300型雪地车抵达。

机舱门刚一打开,只见崔鹏惠向我们猛打手势,大声喊道:"千万要注意,这附近都是冰裂隙!大家一定要连在一起,方便相互照应。"

听到提醒，我们系牢安全绳，两个人之间间隔一定活动距离，每个人都手持铁锹和竹竿，一边在过膝的积雪中艰难地向卡特雪地车靠近，一边用手里的工具探明冰的厚度、查看是否还有冰裂隙。

"这里发现了一个冰裂隙！""这里也发现一个！"果不其然，就在我们向被困卡特雪地车行进的过程中，新发现了许多大小不一、深浅不明的冰裂隙。这些冰裂隙被皑皑白雪覆盖，从表面上难以被发现，必须用铁锹和竹竿一点点地探测才能发现。

"这是我国南极内陆科考常年行驶的路线，从未发现该路段有如此大规模的冰裂隙发育。"望着远处被困的雪地车，我们非常焦急，全队的物资全靠雪地车拖曳，如果它有个三长两短，不仅有5个雪橇的物资运不上去，科考项目也将无法开展。

我们走进救援现场，发现这辆卡特雪地车被卡在一条宽度超过1.5米、深不见底的冰裂隙中，雪地车下陷的一侧悬在裂隙中，另一侧被挡在实冰上，根本无法自行脱困。

看到现场情况，大家一起分析救援卡特雪地车的难处：由于卡特雪地车自重达到22.6吨，体积非常大，我国南极科考常用的PB3000型雪地车根本拉不动。如果调用其他卡特雪地车牵引，牵引哪个位置合适？而且在雪地车被困冰裂隙的地点周围，发育有多条较大规模的冰裂隙，这将对雪地车的安全通行造成巨大威胁。

救援被困卡特雪地车，探明冰裂隙分布情况是关键，这样才能有针对性地制定救援方案。于是，救援队果断地兵分两路，一路由李院生和孙波带领，纵向探测困住雪地车的冰裂隙；另一路由崔鹏惠带领，横向探测该区域冰裂隙。

由于冰裂隙上覆盖着厚厚的积雪，走在雪地上很难看出差别，一旦踩空，后果不堪设想。在探测冰裂隙的过程中，经常发生救援队员踩空的情况。行进途中，我脚下一空，双腿一下子掉入了冰缝，整个身体瞬间陷进了齐腰深的冰雪中。"完了！"当时我脑子里一片空白。

我下意识地将双臂张开撑住冰面，一动不敢动。见此情景，几名队员立即拖拽安全绳，几番努力，才将我从冰缝中拉出来。那个场景，至今我回想起来，心还会狂跳不止。

夜幕笼罩下的南极冰盖，大雪纷飞，狂风不止，雪地车被刮得吱嘎作响。队员们的脸都被冻得铁青，眉毛上、胡子上挂满了白霜，衣服上全是冰碴儿。

危急关头，大家只有一个念头，一定要拖出雪地车，慢慢地，周围区域的冰裂隙逐一被探明。我们用竹竿等物品标明冰裂隙的走向和位置。自此，第一天的救援工作暂时告一段落，返回中山站时已是夜里 11 时许。

今夜的中山站，注定无眠。凌晨时分，我看到许多老队员还在研究、商讨救援方案；几名资深机械师正在勾画现场冰裂隙草图，努力找到拖拽雪地车的最佳位置……

除了科考队全体队员积极参与救援被困雪地车外，俄罗斯站的南极科考队同行也给予我们大力支持。

12 月 12 日清晨，狂风骤起，一场大雪从天而降，这为救援工作增加了很大难度。一大早，来自俄罗斯进步站的2名科考队员就加入了我们的救援队伍。由于俄罗斯南极科考队之前有过雪地车被困冰裂隙的经历，这次专程邀请他们来为救援队出谋划策。

经过仔细勘察，俄方人员建议首先往雪地车后部的冰裂隙中填埋雪和硬冰，然后使用重型雪地车拖拽被困雪地车，同时被困雪地车开足马力向外倒车。这也与救援队之前的研判不谋而合。

要填满冰裂隙，首先需将冰裂隙周围的冰层刨开，形成一个下坡角度，再用PB300型雪地车向冰裂隙里推雪才能完成。

在刺骨的寒风中，我们迅速行动，纷纷抢起手里的铁锹、镐头、铁钎等工具，并肩作战，猛击被困雪地车右后部的冰裂隙。幽蓝色的冰层异常坚硬，四处飞溅的冰碴儿打在队员们脸上生疼生疼的。

安全是救援工作的关键，李院生、孙波在现场讲得最多的就是注意安全。每次有队员站在冰裂隙边上填埋雪和硬冰时，都有另一名队员在其身后用力拽着安全绳保护队友。有的队员救援心切，想坚持多干一会儿，这时就会有队友上前提醒："累了就休息，大家轮着干。"

为了让雪地车早点儿脱困，我们在雪地里一干就是6个多小时，唯一的休息时间是蹲在地上啃点儿饼干、喝瓶矿泉水，然后马上又接着干。

凛冽的寒风早就穿透了队员们身上厚厚的防寒服，双手也被冻得失去了知觉，但随着冰裂隙被积雪和冰块一点点填满，大家的干劲更足了。

18时20分，冰裂隙终于被厚厚的雪堆填得严严实实。18时37分，一名俄罗斯机械师猛踩油门，重达50吨的俄罗斯雪地车向被困卡特雪地车的左后方用力拖拽，与此同时，卡特雪地车也轰起油门全力倒车。在大家的共同努力下，冰裂隙中的卡特雪地车终于完好无损地成功脱困。

成功脱险的那一刻，我们相互拥抱，眼泪夺眶而出。我们经受住了严峻的考验，我们胜利了！

当晚回到中山站，我的心久久不能平静。能够有机会在南极亲身感受科考勇士们一幕幕惊心动魄的壮举，亲身经历与队员们同生共死的瞬间，值了！这将是我人生最大的财富！

雪地车陷入冰裂隙

雪地车的车辙

队员结队向事发地走去

队员探查雪地车车辙深度

队员探查雪地车附近冰裂隙深度

队员察看雪地车受损情况

队员研究救援方案

俄罗斯雪地车前来救援

俄罗斯雪地车准备拖拽受困雪地车

我在拍摄雪地车被困照片

勇士出征赴"昆仑"

雄壮的国歌在南极冰盖边像奏响,鲜艳的五星红旗在人们的注视中迎风飘扬,晨曦中的内陆出发基地庄严静穆,全体昆仑站队队员心潮澎湃。

12月16日上午,科考队举行昆仑站队出发仪式。

"报告领队,昆仑站队准备完毕,请指示!"

"出发!"

随着曲探宙一声令下,25名南极内陆勇士肩负重托,驾驶着9辆雪地车,拖拽着35只雪橇,奔赴南极内陆冰盖最高点——位于海拔4093米的冰穹A地区,那里矗立着我国南极昆仑站。

出发时刻已到,我们兴奋地爬上雪地车顶竖起大拇指合影,与前来送行的队友拥抱告别……

冰穹A地区年平均气温低于零下50摄氏度,是南极内陆冰盖海拔最高的地区,是地球上最干燥、最寒冷和气候条件最严酷的地区,同时也被国际社会公认为南极科学考察和研究的空白地区和制高点。

"前进!前进!前进进!"义勇军进行曲响彻冰原。前路漫漫,是"暴风雪的故乡",是一望无际的冰原,是人类探索南极科学奥秘的前沿。有雪坝丘陵密布的"魔鬼地带"和深不可测的冰裂隙，有低温酷寒、高原缺氧、连续的地吹雪和白化天，南极内陆科考可谓世上最艰难的科学考察之一。

中国南极内陆科考历史，是一段中国人接力式的拼搏史，一批批南极科考队员执着地接力前行，每一位去过那里的人心中都留下了难以抹去的烙印。今天，我们接过"接力棒"。

这支昆仑站队，队员来自五湖四海、各行各业：有冰川学家、天文学家，有教授、研究员、博士生，有机械师、厨师、医生、记者。

大家为了一个共同的目标，即将深入南极内陆1200多公里，从海平面边缘开始，艰难跋涉、跃升4000多米，奔赴海拔4093米的冰穹A。

我们将在冰穹A地区开展深冰芯钻探，揭示百万年时间尺度气候变化信息；我们将运用新一代车载冰雷达探测手段，强化观测冰穹A地区至中山站的断面数据。

"如今，南极内陆科考的高寒低氧环境没有变，最能依赖的是由25名兄弟众志成城、团结一心形成的共同体。"2005年，孙波也是从这里出发，与12名队友一起，抵达被称为"不可接近之极"的南极冰盖最高点冰穹A，实现了人类首次从地面进入冰穹A的壮举。

一阵阵汽笛声，我们驾驶雪地车踏上冰雪征程，望着渐行渐远的送行人群，心里默念："各自珍重，明年再见！"

严阵以待的雪地车队

满载物资的雪地车队

昆仑站队员合影

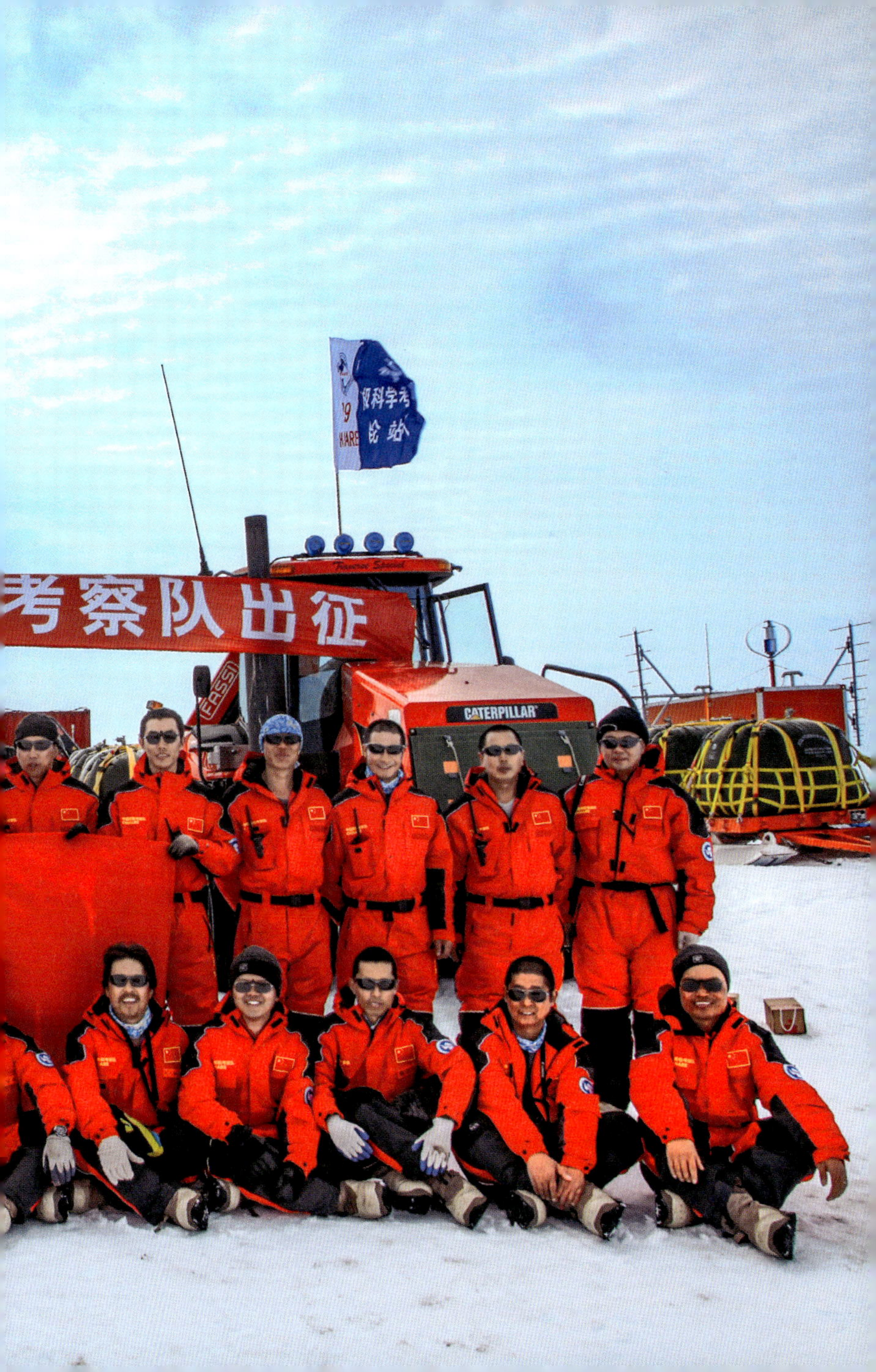
考察队出征
CATERPILLAR
FASSI

昆仑站队员登上雪地车合影

昆仑站队长向科考队领队请示出征

昆仑站雪地车队驶离出发基地

"不期而遇"的白化天

南极冰盖之上,气候变幻无常,我们离开内陆出发基地后的第二天,就与白化天"不期而遇"。身在乘员舱内,可以清晰地听到舱外的风声,猎猎作响。

所谓白化天,是指南极洲低温和冷空气的特殊作用产生的一种十分危险的天气现象。白化天来临时,天地间浑然一片,看不清景物,辨不明方向,视线也会产生错觉,分不清景物的距离和大小。遇到这种天气,行驶的车辆容易翻车,飞机容易失控。

清晨,我走出舱门,看到宿营地已经被风雪覆盖,白茫茫一片。远远望去,风雪不断向天边扩散,同白色的浓雾交汇于天际,天地间浑然一片。这片银装素裹的冰雪世界中,白色的风雪是唯一的色彩,看不清景物,难辨方向,冻得我不禁紧了紧身上的防寒服。

昆仑站队严格规定了队员的作息时间:上午6时,厨师和帮厨人员到岗准备早饭;6时30分,机械师检查和预热雪地车;7时,其他队员起床。7时—7时45分是早餐时间。

南极内陆环境复杂多变,车队行进日程紧张,队里只按时供应早晚两餐,没有午饭。因此,大家的早饭必须多吃,再带一些糕点当作午餐。以前在国内，我经常不吃早饭，在这里彻底改掉了这个习惯。如果早餐不吃，就只能等到晚餐了，在低温酷寒的南极，身体是顶不住的。

上午8时，昆仑站队从50公里宿营地正式出发，准备奔赴130公里处宿营地。出发伊始，崔鹏惠告诫大家："驾驶员要注意，今天能见度比较低，一定要注意车距，保持队形。"

在冰原上，雪丘、冰脊等高低起伏，连绵不断，雪地车碾过时，经常会发出剧烈震颤，我们在车厢内左摇右晃，颠簸难耐，由于温度差异，一层白霜覆盖在车玻璃上，晶莹剔透。

虽然风大雪大，可是老队员们并不慌乱，还用自己的经历宽慰我。"今天虽然能见度不高，但可以看清车的轮廓。""二进内陆"的机械师王焘告诉我："遇到白化天，驾驶员只要注意GPS定位、确定车辆位置，就没啥大问题了。但是在同伴驾车时，注意提醒不要瞌睡，这里都是茫茫冰原，驾驶非常容易疲劳。"

"在去年昆仑站队出发后的第二天，也遭遇白化天，那真是一片苍茫，我们会车时都看不清对方，这个天气，还行嘞。"机械师姚旭是"头车"司机，驾驶着雪地车行驶在车队的最前面。

17时30分，我们抵达130公里处宿营地，海拔已经升到了1500米。与以往南极内陆科考不同，我们选在这里宿营，是因为这里有5只被积雪深埋的雪橇。这些雪橇是去年昆仑站队因为车辆故障，暂留在这里的，我们要把雪橇上的物资也运到昆仑站。

这时，天空飘起鹅毛大雪。迎着凛冽的寒风，队友们用铁锹刨雪，机械师驾驶雪地车使劲拖拽。半个小时后，在大家合力下，几十吨的物资成功从积雪中拖拽而出。等到收拾工具时，我才发现汗水已经浸湿了内衣，后背凉飕飕的，双手也被冻得有些失去知觉。

我回到生活舱，脱下手套，放在电暖气上烘烤。

"辛苦了，咱们内陆人都是这么干活儿的。"刚才在现场指挥拖拽雪橇的队长孙波也走了进来，拍了拍我的肩膀说，"这不仅仅是拖雪橇，也是一批批队员接力前行的象征。如今，这个'接力棒'又传到我们手中。"

这话不假，正当我们在生活舱聊天的时候，许多科考项目也在紧张有序开展。李传金、史贵涛在宿营地不远处钻取浅雪芯，用于分析雪芯的化学元素；郭井学操作冰雷达对冰穹A地区及中山站至昆仑站内陆断面进行强化观测；张禄禄采集冰雪样品和气溶胶，检测生态地质学指标……

白化天下的营地

队员在白化天下采集雪样

"暴风雪的故乡"

12月18日，我们离开宿营地，继续驾车奔赴昆仑站。一路走来，冰盖上一片白茫茫，只有车轮碾过的痕迹向雪原深处延伸。遮天蔽日的白化天下，人仿佛融入浓稠的牛奶里，连太阳都看不清。紧邻的两辆雪地车，也只能看见模糊的轮廓。无线电里，各辆雪地车不停地呼叫联络，相互确认车距，谨防掉队。

在白化天里驾车行进，就算目不转睛地盯着前车，也可能在眨眼之间失去踪影。因为有经验，崔鹏惠总开着一辆雪地车"殿后"。他要确保所有队员都已安全上车，才能放心出发。行进过程中，不知不觉间，崔鹏惠和老队员荀水彪驾驶的雪地车，就与前车拉开了数十米的距离。这数十米距离在平常看来，并不算什么，可在白化天里，就像是一道不可翻越的天堑。

为了追赶车队，他们驾车加速行驶，寒风卷起的冰粒打在车身上"啪啪"作响，挡风玻璃的雨刷器功率已开到了最大。

"再稳点儿，别着急。"老崔一边叮嘱驾车的荀水彪，一边观察寻找前车的车辙。可是，大风卷起的雪花早已经将车辙覆盖得严严实实，能见度不到10米，只能凭借经验和手里的GPS摸索前行。突然，老崔发现一辆雪地车迎面驶来，原来是前车在电台里呼叫他们没有回应，掉头前来接应。

虽是虚惊一场，却再次提醒我们安全驾车的重要性。随后，茫茫南极冰盖上，我们在无线电里沟通路况的声音更加响亮了。

经过艰难跋涉，昆仑站队抵达了今天的宿营地——距中山站203公里处，海拔高度也上升到了2000米。

刚刚经历了白化天，我本以为可以歇口气了，没想到一场罕见的暴风雪"光临"了宿营地。刚刚完成驻扎，强劲的狂风裹挟着雪粒向着宿营地呼啸而来，摧枯拉朽，横扫一切。生活舱、雪地车、雪橇等在风中战栗着，被狂风吹得嘎吱作响。

南极被称为"暴风雪的故乡"，风暴比地球上任何一个地方都频繁，也更猛烈，且瞬息万变。这里平均每年有300天会刮8级以上的大风，年平均风速达19.4米/秒。1972年澳大利亚莫森站观测到的最大风速为82米/秒，法国的南极迪尔维尔站曾观测到100米/秒的强风，相当于12级台风风力的3倍。

顶着暴风雪，我们在这里又拖拽出已经被风雪掩埋的3个雪橇。至此，我们把上一次昆仑站队暂留在冰盖上的雪橇和科考物资全部拖拽完成，9辆雪地车已达满负荷运转。

第二天早晨醒来，窗外依旧是狂风呼啸，碎雪横飞。一夜之间，我们住舱的门口，已经被积雪堆成了雪坡。走出舱门，宿营地一派银装素裹景象，我们被风吹得睁不开眼，即便已经穿戴好棉帽、防风眼镜和面罩，也挡不住风雪的侵袭。

雪粒像石子一样打在脸上生痛，让人站不住脚也睁不开眼，只能在没膝的积雪里艰难前行。我不敢在风雪里多耽搁，狂风的直接后果是导致温度骤降，脸颊、鼻尖、手指以及其他裸露在外的肌肤在暴风雪的洗礼下，不一会儿就能冻僵。

  为了行车安全，昆仑站队决定原地休整一天。负责气象观测的史贵涛告诉我，今天的瞬间风力达到 8 级，风速达到 17 米 / 秒，暴风雪一直没有停歇。许多老队员也都对我说，如此强烈的暴风雪在近年来的南极内陆科考中也很少见。

暴风雪下的营地

暴风雪掠过科考舱

队员在暴风雪下取雪化水

队员在风雪中艰难返回生活舱

"当机械师的人不一般"

在昆仑站队流传着一句话:停车两件事,给人"加油"、给车加油。这话一点儿没错。每次宿营后,是机械师最忙碌的时间,给雪地车加油是必修课。

本次昆仑站队由6辆PB300型雪地车、3辆卡特雪地车组成。PB300型雪地车油箱容量为350升,正常情况下一天需要加2次油。卡特雪地车的油箱容量较大,有1175升,每天加一次油即可。

看似简单的加油,处处有门道。首先一辆卡特雪地车把装有油罐的雪橇在宿营地上风向位置安放好,确保油料和宿营地具备一定的安全距离;所有卡特雪地车以半弧形围绕油罐排列,一方面方便加油,另一方面为操作油枪的队友遮挡风雪。最后,PB300型雪地车依次开到油罐边的雪堆上,将车"屁股"高高翘起。

机械师王焘告诉我:"PB300型雪地车的油箱处于车辆尾部,翘高后能把油加得更满,行驶的路程也更长。"

开关阀门、监视油泵、观察油表……一般而言,9辆雪地车在30分钟内就能完成加油。有一次我帮忙加油,不到10分钟,刺骨的寒风就穿透了防寒服,衣领上也结起厚厚的冰碴儿。再看看身边的队友，飞扬的雪花挂在他的发梢和胡子上，嘴唇也冻得乌紫，其中的辛苦，可见一斑。

"现在用油罐加油省事多了。"在外人看来的苦差事，机械师姚旭却很满足，"以前我们加油都是用油桶，加一次需要用2个小时，那才难熬。"

"以前加油，需要将油桶从雪橇上搬下来。油桶是铁皮的，又冰又沉。"老崔接起了话茬儿，"为了搬油桶，兄弟们只能用肩膀扛、用膝盖顶，那才是真的腰酸背疼。"

当时，雪地车加油采用油罐和油囊搭配进行。油罐的容量为15000升、油囊的容量为5000升，一个油罐的容量相当于3个油囊，一个油囊的容量相当于25个油桶。相较于用油桶加油，油罐、油囊的操作更加便捷。这种方式不仅有效降低了车队无效载荷，还提高了加油效率。加油方式转变，也是我国南极内陆科考后勤保障能力提高的一个缩影。

那次加油的体验，让我对机械师这个职业有了更加深刻的体会，不禁想起了之前在中山站跟他们一起检修雪地车的经历。

一天清晨，我刚吃过早饭，听说机械师们要去检修雪地车，就一起过去帮忙。

雪地车是南极内陆科考的重要承载工具，对昆仑站队至关重要，可谓冰海雪原上的"诺亚方舟"。

我之前没有修理过雪地车，但这些机械师都是经验丰富，看着他们加固螺丝、加液压油、更换油管……都是细致活儿，我也插不上手。

这次检修还有一个体力活儿——给雪地车换上新履带。看似简单的工作，没想到如此麻烦，履带重达上百公斤，我们几个人根本抱不动，再加上安装履带的雪地车锯齿轮一环扣着一环，想一次到位根本没戏。

听到消息后，几名昆仑站队的队友也赶来帮忙。"一、二、三，使劲！"大家喊着口号，一起使劲，把沉重的履带一点点向雪地车挪动。

随着履带渐渐合拢，可供大家用力的空间也越来越小，必须有专人拧动安装履带专用钳才行。可是，固定在履带上的钳子特别紧，我们轮番上阵，一点点把履带拼接得严丝合缝。

最后一步是给新履带安装专用的固定卡。王俊铭、沈守明两名机械师一头钻进雪地车下方，趴在地上拧螺丝、上卡子，泥水和机油混在一起，弄得满身都是。安装完毕已经是下午6点钟了，我们才算歇了口气。

"看到了吧兄弟，机械师真不是一般人干的活儿。"从车底钻出来后，王俊铭满脸黑黢黢的，一边使劲搓着手上的油污，一边感慨。

这时，另一名机械师接了一句："干机械师的人，也不一般呀。"言语之中，充满了对工作的自豪感。

检修临近结束，机械师邹正定弯下身子，将耳朵贴在履带上，仔细观察履带。没想到，还真发现了问题，一根小油管正在"滴答、滴答"地漏油。

"大伙儿先别收工，把这个油管换了。"邹正定张罗着机械师

机械师为雪地车加油

们，又开始忙活起来。日睹机械师工作的细致劲儿，我很是钦佩，连忙递上工具。"咱们都是为自己干活儿，现在的小问题，在途中都是大麻烦，可不敢马虎。"邹正定说。

机械师在中山站检修雪地车

范晓鹏为雪地车加油

"鬼见愁"上饱受颠簸之苦

南极内陆冰盖之上,遍地风吹雪垄,雪丘不规则地排列着。12月26日,昆仑站队从590公里出发至688公里宿营。大家都没想到,短短的98公里路程,如此颠簸难行。我们驾车碾过时,车身不时剧烈震颤。我身在车厢,被颠簸得腰酸背痛,宿营后回到住舱一看,床上的被子等物品都被掀翻在地,一片狼藉。

出发以来,队友们为了少受颠簸之苦,各有妙招。大厨姚卫云专门找来了3个厚厚的泡沫垫,铺在车厢底部,我俩躺在上面。但这天,防护措施都没起到作用。行进过程中,我原本平躺在泡沫垫上,用安全带把自己绑紧,但遇到雪地车碾过雪丘,也经常颠得弹起来,从车厢里边滚到车厢靠门的位置。

另一辆雪地车上的队医彭毛加措也不好受。宿营休息时,他一边揉捏着腰,一边感叹:"我现在感觉,我的腰都不是自己的。"

在老队员们印象中,这段路以前并不这么颠簸。短短一年的时间,雪垄、雪丘在大风的助推下,发育得异常坚硬和密集。张楠告诉我:"在驾驶雪地车时,面前一片白茫茫的,那些大雪丘,不走到近处很难发现,但是雪地上不敢急刹车,只能硬闯了。"

颠簸的路况也对科考装备造成了威胁。途中,机械师王俊铭报告说，他驾驶的雪地车有一个直径3厘米左右、专门用于拖拽雪橇的钢缆崩断了，估计是颠的。

当天下午，我们一个搭载着油罐的雪橇在翻越雪丘时也发生了侧翻。所幸油罐密封性较好，油料没有泄漏。检查发现，原来是用于连接雪橇活动横梁的"销轴"颠丢了。这个雪橇和油罐以及部分油料的总重量近19吨，如果不是"销轴"脱落，应该不会侧翻。

雪橇侧翻后，我们第一时间抢救，经过近5个小时的奋战，终于将存储于油罐中的油料全部输到油囊里，继续运往昆仑站。颠坏的雪橇，我们放在原地，待到回程时拖回中山站。

12月30日，我们继续向昆仑站进发，并将穿越"鬼见愁"路段。听到这个消息，就让饱受颠簸之苦的队员发怵。一路上，无线电里经常听见有人问："到'鬼见愁'了吗？"紧张之情，溢于言表。

所谓"鬼见愁"路段，是我国南极内陆科考队奔赴昆仑站的必经之地，位于距离中山站920—960公里处。这段路程雪坎变多变高，雪丘、雪垄发育异常密集，是一条深陷难起的硬雪带，被老队员们称为"鬼见愁"。

随着车队一路前行，我们来到了"鬼见愁"。这里遍地是大风吹起的雪垄，雪丘、雪坝沿着风吹的方向不规则地排列着，仿佛是守护南极净土的一个屏障，阻止人类轻易地闯入这片冰雪世界。

坐在车里，让我想起之前穿越"咆哮西风带"的场景。高大密集的雪丘像一波波怒浪狂涛，拍打着雪地车，左摇右摆，上下

雪地车拖拽雪橇在崎岖的雪面上前行

油罐雪橇发生侧翻

"头车"破雪前行

颠簸。我们挤坐在后车厢,即便紧抓车顶栏杆,也很难坐稳,只能在橡胶垫上辗转反侧。即便大家都在防寒服里缠上了护腰垫,一天下来,还是颠得腰酸背痛。

驾驶PB300型雪地车的史贵涛用"坐过山车"来形容这段路程。"每次翻越雪丘时,就如同坐过山车一般,忽上忽下,驾驶室内所有能移动的物品,都被颠翻在地。"

为了降低颠簸路况对雪地车的损害,机械师姚旭驾驶着"头车"为车队修路。这辆雪地车有个挖雪铲。每当遇到高大雪垄,他就驾驶雪地车冲锋在前,努力用雪铲修出一条坦途。这也是本次昆仑站队首次进行修路作业。

国歌在冰盖上回响

12月24日,宿营地里,人声鼎沸、热闹异常。昆仑站队25名队员,把狭小的生活舱挤得满满当当,大家在这里为队长孙波和机械师姚旭、沈守明庆祝生日。

给队员过生日是南极内陆科考的传统,不仅能增进队友之间的兄弟情义,还可以让大家稍微放松一下。孙波的生日是12月20日、姚旭的生日是12月23日、沈守明的生日是12月28日,日期相近,所以我们选在12月24日这天一起过了。

在南极内陆科考中,我们的食物以航空餐等加热食品为主,每天只有早晚两顿。这些饭菜都是在国内预先搭配好,每周有一套固定的餐谱。出发没多久,我们就有点儿吃腻了。

为了筹备生日晚宴,大厨姚卫云早已经在策划食谱,准备食材,取出了从国内带来的蛋糕。南极内陆气温极低,蔬菜容易冻坏腐烂,因此队里配备的蔬菜量极为有限。在这个特殊的日子,姚大厨拿出了土豆、白菜、洋葱等蔬菜,给大家换换口味。

一个人忙活25个人的饭菜,仅凭大厨一个人根本忙不过来,我和队医彭毛加措特地前来帮厨。生活舱里,我们合力挖雪化水、打扫卫生、准备食材。彭毛加措是一名骨科大夫,拿手术刀没有

队员聚餐为队友庆生

问题，切洋葱、土豆丝自然也不在话下。不一会儿，就切好了两大盆。生日宴上，彭毛加措还唱起了藏族民歌，引起了不少队员的共鸣，纷纷跟着哼唱。

3位"寿星"是当之无愧的主角。出发以来，我们遭遇了暴风雪、白化天的考验，部分路段雪垄密集，异常颠簸，这让孙波操碎了心。"在茫茫冰盖上，我能与24个兄弟一起过生日、同甘共苦，这是难得的缘分，我将永远铭记。"孙波以茶代酒，向大家敬了第一杯。

姚旭是个年轻的老南极，虽然只有25岁，可已经是第四次参加南极内陆科考，许多队友都称呼他为"老姚"。这段时间，姚旭驾驶"头车"领航，修理雪橇、绑扎物资、协助科考作业，到处

冰盖上的升旗仪式

我与国旗合影

都能看到他的身影。大家也借此机会,向他表示感谢。

沈守明是第一次来南极,没想到会有这么多人为他庆祝,非常感动,数度凝噎,一个劲儿地说:"谢谢!谢谢兄弟们!"简单的话语,透露出真挚的情感。

除了为队员庆生,元旦举行升旗仪式也是内陆科考的传统之一。

对我而言,2013年的元旦注定难忘。12月31日13时,我们将自制的旗杆高高竖起,机械师姚旭、王焘手捧着五星红旗,全体队员身着印有国旗的红色工作服在卡特雪地车前庄严列队,向国旗行注目礼,齐声高唱国歌。伴随着国歌,国旗缓缓升起,迎风飘扬。嘹亮的国歌声,在冰盖上久久回荡。

此时,我们已经到达1022公里处,距离昆仑站仅有200多公里。按计划,我们将在4天后抵达。昆仑站,我们近了,更近了。

钢铁意志铸就"巍巍昆仑"

2013年1月4日15时18分,经过20天的艰苦跋涉,我们成功抵达了位于南极内陆冰穹A地区的昆仑站,完成了1280公里的南极内陆征程。

自2012年12月16日出发以来,我们经历了白化天气、暴风雪等恶劣天气和软雪带、雪丘密集区、"鬼见愁"路段等特殊地形的考验,驾驶9辆雪地车将280余吨科考物资全部运抵昆仑站。这是自中国南极内陆科考以来,雪地车抵达昆仑站数量最多的一次。

按照计划,我们将在20天的时间里进行深冰芯钻探、南极巡天望远镜及昆仑站区天文仪器的维护和保养、冰盖探测、昆仑站测绘、冰川及气象、人体医学和医疗保障等科学考察项目,以及昆仑站基础能力建设等。

站在昆仑站前广场上放眼望去,红黄相间的昆仑站主体建筑被16只"大脚"建筑架空而起,矗立在茫茫冰盖之上,格外醒目。在主体建筑的左侧是题写着"中国南极昆仑站"站名的昆仑石,右侧则是由第26次赴南极科考队昆仑站队带来的南极华鼎,冰芯钻探场地、天文观测场地等错落有致地布置在站区四周。

南极昆仑站站区

　　世界之南有南极，科考之难数"内陆"。当时，世界各国建立的绝大多数科考站也都位于南极边缘地区，只有美国、俄罗斯、日本、法国、意大利、德国6个国家在南极内陆地区建立了科考站。

　　建立内陆科考站，体现着一个国家的综合国力和科学研究实力。随着我国南极科学考察不断深入，南极大陆边缘区域已难以满足科研需要。因此，中国科学家将目光锁定冰穹A。

　　位于内陆冰盖核心地带的冰穹A，占据着南极内陆科学研究的制高点：这里是国际冰川学界公认的南极冰盖理想的深冰芯钻取地点，可展现百万年来地球气候环境的演变情形；这里有地球上最好的大气透明度和视宁度（望远镜显示图像的清晰度），被视为进行天文观测的最佳场所；最低气温超过零下80摄氏度，为极端环境科学研究提供得天独厚的场所。

53岁的崔鹏惠已经7进南极内陆，对中国南极内陆科考的历史如数家珍。一到站上，他就跟我讲起了当年的那些故事。

挺进冰穹A绝非易事。低温酷寒、高原缺氧、"不可接近之极"……这是科研人员描述冰穹A地区时常说的话。当时，很多国家希望能够征服这一"高点"，但均未能获得成功。

1997年，我国南极科考队首次向冰穹A进发，历时13天，挺进了300公里……2005年1月18日，科考队首次通过地面到达冰穹A。根据现场测量数据，科考队员准确定位到了南极内陆冰盖最高点，"不可接近之极"从此有了中国人的足迹。

2008年1月，科考队再次登顶冰穹A进行科学考察和测量作业，为建站选址提供数据支持。2009年1月，科考队携带超过雪地车运输极限的500多吨建站科考物资，经过1250多公里的艰难跋涉，第三次登顶冰穹A。

"当时，我们仅用了20多天，顶着零下40摄氏度的低温，呼吸着含氧量只有平常一半多的空气，建起了昆仑站。如今，接力棒交到了我们这批队员手中。"在老崔的话语之间，我依然可以感受到当年那股英雄气概。

当时，昆仑站的温度已经达零下30摄氏度以下，海拔达4092米，气压仅为580百帕，比相同海拔高度的其他高原更低。抵达昆仑站后，我们陆续出现头疼、胸闷、气喘等反应，队医为

雪地车停在昆仑站广场

与昆仑站站碑合影

我们量血压、测指氧，发放了抗高原反应的药物。

晚上，不知是不是因为高原反应，我辗转难眠，心中一直念着"巍巍昆仑"这个词汇。我在想，这座昆仑站，与那座远在我国西部的昆仑山有什么联系？也许它们同样远离世间繁华、同样不惧风雪酷寒、同样属于中国。两个"昆仑"，就像一块磁铁，吸引着钢铁一样的人。

零下 30 摄氏度的地方更"暖和"

南极冬季气温低,下雪多,雪层厚,密度低;夏季气温升高,下雪少,雪层薄,密度高。冰芯会像树木的年轮一样,很清晰。科学家可以通过研究冰的层数推算出它的具体年份,追溯到冰芯里气泡的"年龄"。因此,南极内陆深冰芯被称为地球古气候的"年轮"。

深冰芯钻探房是昆仑站最艰苦的地方。当时昆仑站的气温已降到零下 30 多摄氏度,而深冰芯钻探房的温度比站区还要低上 10—20 摄氏度。钻探槽里,更是降到了零下 55 摄氏度。

深冰芯钻探槽是深冰芯钻探最重要的前期工作,长 10 米、深 10 米、宽 0.6 米,由于钻探槽宽度狭小,机械装备无法施展,挖掘工作全靠手工作业,对队员生理和心理都是严峻考验。

有一次,我去帮忙挖槽,发现在小小的钻探槽里挥锹,不仅费力而且费腰,真是一件苦差事。为了防寒,我身上事先贴满了"暖宝宝",又穿上连体防寒服,可没过多久,全身就像被冰镇一般。在钻探槽里,根本不敢说话,因为一出气儿,哈气即刻凝成细小的颗粒弥散于狭小的空间,影响视线,眉毛和胡子上挂满了冰碴儿,就连棉帽和衣服上也被冻起了一层白霜。

我本想拿相机拍几张工作照，仅仅几秒钟，相机就被冻出了故障，明明充满的电池，却显示没电了。队友们幽默地说："如果你冻得受不了，就到外边零下30摄氏度的地方'暖和暖和'！"

午饭后，我们随意找个地方一靠，没一会儿，周围就鼾声四起。睡醒后，我的胳膊依然酸得抬不起来。

挖完钻探槽还得将雪块装箱运走，这也是一项苦差事。雪块装满后，槽上的队员就要用绳子把雪桶拖上来。迎着冰冷刺骨的寒风，大家即便戴着面巾，也无济于事，鼻、耳和衣服里灌的全都是冰碴儿。

就是在这样的艰苦环境下，队员们仍咬牙坚持着。我们深知，我国是世界上第一个在南极冰盖最高点区域进行深冰芯钻探工程的国家，每向下钻进1米都是新的突破。

1月21日上午10时，中国深冰芯第一钻正式启动。随着深冰芯钻塔架缓缓竖起，司钻队员熟练地操作着控制器，将深冰芯钻机正式送入深冰芯钻探先导孔，开始切削冰雪。

第一钻并不如想象中那么顺利。队员们数次提钻调整反扭装置的松紧度，逐渐使钻机达到理想钻进状态。

11时30分，根据深冰芯钻机系统的控制器显示，钻机第一次的钻进深度已经达到单次钻进极限深度，达到提钻要求。司钻队员果断提钻，钻机被徐徐提起，钻塔被慢慢放平，我们小心翼翼地将冰芯取出，一支长达3.83米的完整冰芯赫然呈现在大家面前。随后，我们一鼓作气，又接连进行了2次钻探，得到长达3.57米、3.59米的完整深冰芯。

在昆仑站钻取地下约3200米处的深冰芯，开展100万年时间尺度内的全球变化研究是昆仑站科考的一项重要科研目标。通过钻取和研究这支穿透冰盖的冰芯，科研人员可以重建地球系统百万年时间气候变化序列，阐明气候变化的机制。

手捧深冰芯样品，队长孙波激动地说："我们在昆仑站成功钻取深冰芯，实现了我国深冰芯钻探过程'零'的突破。"

昆仑站所在的冰穹A地区是地球上最寒冷干旱、自然环境最恶劣的地区。在这样的极端环境下，生存都受到极大挑战。在如此恶劣的环境下，开展深冰芯钻探举步维艰。如今，昆仑站上的科考队员通过深冰芯科学钻探工程，探索出了一条在南极开展重大科学工程的创新道路，并对科学研究、工程技术、后勤保障之间联合攻关进行了有益实践。

昆仑站队队员与深冰芯合影

队员手捧深冰芯

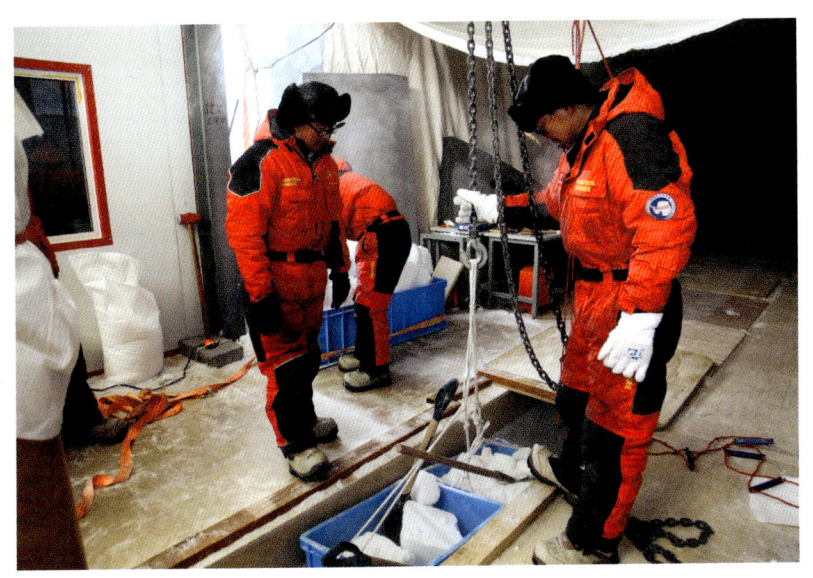

队员清理钻探槽里的积雪

钻探槽里工作的队员

深冰芯钻探机

深冰芯

这里的星星"不眨眼"

为什么要去南极开展天文观测?有人说,那里的星空很纯净、那里的星星"不眨眼"、在那里观测天体更清晰……但在冰穹A开展天文观测,到底有哪些优势呢?

冰穹A冬季全是黑夜,90%以上是晴天,可提供连续数月的观测条件;冰穹A大气稀薄、风速极低,能有效降低大气湍流造成的成像模糊、抖动;冰穹A大气干燥、水汽含量低,对宇宙天体的星光吸收少;冰穹A没有人工光源干扰,光污染少;这里天空视角大,可有效提高天文观测效率。这些天然观测条件,使得到冰穹A进行天文观测成为各国天文学家共同的梦想。

早在20世纪80年代,我国天文学界就提出到南极进行天文观测的目标。由于设备运行保障难度大、自然环境恶劣等限制,这一想法迟迟未能实施。直到2008年1月,我国天文学科研人员随科考队抵达冰穹A,才初步建立了自动天文观测站。

2009年,昆仑站的建立为我国天文学研究提供了发展新机遇。2010年1月,科考队在昆仑站成功安装了国际上首台无人值守、远程操控的超宽带太赫兹傅里叶光谱仪,首次在冰穹A获得了太赫兹至远红外谱段的大气透过率长周期实测数据。数据表明,这里的太赫兹至远红外谱段的大气透过率明显更高,是地面上观测宇宙的绝佳窗口。

2012年,中国在这里安装了首台南极巡天望远镜AST3-1及新一代支撑平台PLATO-A,这是当时南极地区开展观测的最大口径的光学望远镜,使中国天文学家可以进入时域天文学研究的国际前沿。

在本次昆仑站队中,周宏岩、徐灵哲、田启国3名天文组的队员,负责天文望远镜的维护升级任务。

周宏岩是本次天文项目的现场负责人,大家都叫他"周老师"。从外表上看,周宏岩身材魁梧、满脸络腮胡,典型的"粗人",实际上却是一所大学的天文学教授。

我们抵达昆仑站以来,天文组每天都是早出晚归。有一次,我听说他们要搞飞人作业,不免好奇去看看。天文观测场在昆仑站区的边上,距离主楼有几百米。短短几百米的距离,让我感觉有些力不从心,高原缺氧,步履维艰,需要休息两三回才能走到。

我来到天文观测场时,徐灵哲已被吊车挂在空中,缓缓靠近望远镜的镜头。上站后,我们发现望远镜的镜筒指向天空,镜头"盖子"被挂在了离地5米的高处。想要检查望远镜,首先要拆除"盖子"。现场设备有限,只能将人吊上去,人工"摘帽"。

冰盖之上,寒风呼啸,气温降到了零下30多摄氏度。为了便于作业,徐灵哲只戴了毛线手套,人在空中,随风摇晃,难以保持平衡。不一会儿,只见他满脸通红,猛打手势,示意下放。原来是他的手指被挤得发麻,又冷又疼,实在是吃不消了。

队员为望远镜"摘帽"

"再来一次吧。"徐灵哲稍作休息后,继续飞人作业,一个多小时后,"帽子"终于摘下来了。回到地面时,徐灵哲已被冻得说不出话,一直捂着被冻僵的手指。

为望远镜"摘帽"只是第一步。PLATO平台负责望远镜的电力支持,由太阳能、蓄电池、发电机组成。天文组发现,经过一年的风吹雪打,一些电池已经无法正常工作,安全起见,只能更换全部108块电池。

每块电池重达数十公斤,一个人抬起来很费劲,更换程序也相当烦琐。首先要把新电池按照8个或者4个一组捆扎整齐,取出旧电池组后,再按照原来的接线来重新组装,不能有丝毫偏差和错位。

在不足6平方米的电池间，几个人跪在地上接线、蹲着捆扎电池。每一根接线都要保持原样，稍有不慎，轻则电池烧毁，重则发生燃爆。仅一组电池，就要干一个多小时。这活儿我帮不上忙，就帮着运电池组。昆仑站高原缺氧，连走路都要大喘气，更何况如此高强度的体力活。整整两天半的时间，我们才完成了这项工作。

后来，我们昆仑站下撤，没想到在中山站，与南极巡天望远镜再续前缘。

有一次，我在中山站会议室碰到周宏岩。他靠着椅背，一手摸着下巴，乐呵呵地看着电脑。

"周老师，看什么呢，这么开心？"

"快来，看看这个。"

屏幕上，一幅幅图片，黑色底纹，白色光点。

"这是啥，没意思。"

"不懂了吧，这是咱们从巡天望远镜AST3下载的数据。你是世界上第二个看到的。"

"哎呀，这么牛呀，"我傻乎乎地问，"谁是第一呀？"

"我呗！"周宏岩爽朗地大笑。

"哈哈，挺好，这活儿没白干，还混了个世界第二！"我没想到，高大上的天文学研究，离我可以这么近。

后来我听说，2017年，我国第二台南极巡天望远镜在昆仑站首次实现无人值守条件下的越冬观测，并成功追踪探测到首个双中子星并合引力波事件的首例光学信号。如今，南极巡天望远镜有望成为地球上最强大的系外行星搜寻系统之一。

队员维护望远镜

昆仑站天文小组

大风中的坚守

1月14日,是我们在昆仑站的第11天,站区科考时间过半。清晨,狂风呼啸,雪花横飞,强劲的狂风横扫站区,队旗被大风吹得猎猎作响。

自动气象站显示,室外温度已经降到零下43.8摄氏度,瞬间风力达到7级,最大风速达到每秒14米。通常,受极地高压影响,昆仑站上的风速较小,如此强风较为罕见。

昆仑站地处冰穹A,高原缺氧,环境恶劣,每年只有20天左右的科考周期,再加上强风来袭,可谓"雪上加霜",队员都在抢抓时间,加班工作。

这几天,来自武汉大学的杨元德和机械师王俊铭驾驶着雪地车频繁在站区周围穿梭,以昆仑站为中心进行GPS点位复测。

考虑到雪地车加油的安全距离、GPS电台传播范围等条件,他们把科考区域的49个点位观测进行分块,使用GPS RTK技术,可以在几分钟内获得厘米级精度。

为了接收信号,电台发射天线通常要求距离雪面3米以上,有时需要绑在雪地车上。我在站区里经常看到,杨元德一身"发报员"的造型,背着电台接收天线包,拿着经纬仪,握着操作杆,进行流动观测。

为了不影响操作,他们常常要脱去防寒手套,摘下墨镜,双手被冻得失去知觉,无法弯曲,被吹得"泪流满面"。这期间,饿了就啃几口干粮,喝不上热水都是常事。

在站区边深3.5米的一个大雪坑里,史贵涛、李传金也在忙碌地采样。

人们常用极度严寒、极度缺氧、"生命不可接近之极"……来描述冰穹A地区,此前这里曾创下过零下82摄氏度的低温纪录,是世界上最冷的地方。在这种极低温环境中,是否有生命存在,一直是未解之谜。

史贵涛告诉我,借助雪坑样品,利用单细胞分析测试技术和一系列化学参数检测,可以推测微生物活性。

此前,冰穹A地区的微生物种群研究尚未有过报道,除了取样难,微生物检测技术也是瓶颈之一,借助雪坑样品,通过现有的单细胞测序技术可望协助克服此难题。该项目研究,有望寻找新的生命形态,进而增进人类对生命过程的理解和认识。

工作中的杨元德

扬雪机正在挖雪坑

科考队员采集雪样

在昆仑站写稿件

登顶"冰盖之巅"

1月24日凌晨4时,我从睡梦中醒来。今天已不用早早起身去帮厨,但已经养成的习惯一时还改不了。上午8时,天上飘起了雪花,我们陆续换衣吃饭,即将踏上归途。

走在昆仑站区,红色的主楼在蓝天的映衬下,格外醒目。主楼边,冰芯房、天文观测场、昆仑碑,正无声地诉说着,这些天队员们的辛劳和付出。20天前初次相识的昆仑站,如今看起来那么熟悉。

这里见证了我们的喜悦与欢腾——完成了深冰芯钻探、南极巡天望远镜及昆仑站区天文仪器的维护和保养、冰盖探测、昆仑站测绘、冰川及气象等科学考察项目,取得多项重大突破。

这里体会了我们的激情与豪迈——许多人出现了高原反应,别说干活儿了,就连走路都会气喘,人也都瘦了一大圈儿。有的人为了保暖,仅上衣就穿了5层,即便如此,寒风仍将他吹透冻僵,胡子挂满冰碴儿。有的人从雪地车上摔落,右腿磕得鲜血直流,医生劝说休息一天,但他经过简单处理,又投入了工作,真实演绎了"轻伤不下火线"。

在昆仑站,有的留下了,像冰芯房里安装好的深冰芯钻机、天文观测场上重新运转的天文望远镜；有的离开了，队员们将踏上冰盖科考新旅程，开展冰雪、气象、测绘等科学考察活动。

一天前，我们以自己的方式告别昆仑站，告别这段风雪时光。我们驾车行驶了 7.5 公里，登上了南极"冰盖之巅"。

面积达 1400 万平方公里的南极大陆，95% 以上被平均厚度 2450 米的冰雪覆盖，犹如戴了一项巨大的"帽子"，这项"帽子"被称为冰盖。冰盖上不是人们想象的"山峰"，而是平缓的冰丘。2005 年 1 月 18 日，科考队首次通过地面到达冰穹 A，准确定位到了南极内陆冰盖最高点。然后，又行驶了约 7.5 公里，选定了昆仑站建站位置。

这里，有当时竖立的冰穹 A 标志——那是队员用 13 个空油桶搭成的一个"金字塔"，侧面挂着一个简陋的木牌，上边写着"中国南极 Dome-A 观测站"和它的英文标注，木牌下方精确标示出此处的海拔高度——4093 米！我们登上"金字塔"，升起五星红旗，欢呼跳跃，合影拍照。

中午时分，终于到了和昆仑站道别的时刻。我乘车回望你，依依惜别，不知道今后能否再见。

昆仑站队员在冰穹 A 合影

帮队友拍合影

爬上油桶手扶红旗留念

与 Dome-A 观测站牌合影

在昆仑站设置了家乡的"风向标"

油桶旁的司南

冰穹 A 的鼎

"遥不可及"的梦想

2月9日是大年除夕,我们利用这个难得的机会,不约而同地纷纷洗一次头,这难得的"享受"是最好的新年礼物。

虽然身在冰海雪原,可是洗漱却不是件容易的事,平常大家的饮用水全部依赖背雪化水。每次宿营后,负责帮厨的队员用电热桶将从冰盖上铲回的积雪融化,才可以得到饮用水。我在队上经常挖雪烧水。这活儿看起来轻松,其实不然,往往费了半天的劲儿,挖了很大一桶雪,化成的水刚刚够喝。在南极内陆科考期间,洗脸、刷牙只能偶尔为之,洗头更是被我们称为"遥不可及"的梦想。

在来南极的路上,我们为了节约用水,都剃了光头。可在内陆科考期间,每个队员的头发和身上不可避免地沾满了油污,队友间相互开玩笑说,大家看上去都有些像"土拨鼠"。

大家知道水来得不容易,洗头的时候格外珍惜,一个小水壶可以好几个人使用,洗头时,队员们只是简单地把头发浇湿,用一点洗发水抓几下,然后用水冲掉就算了事,赶紧把地方让开给队友接着洗。

身在南极冰盖,家始终是每一名队员心底最深的牵挂。其实每年昆仑站队到昆仑站执行科考任务，都正好横跨整个春节。不管是春节还是元宵节，要么是在站上，要么是在冰天雪地的路上。

除夕这天，队里安排队员们使用卫星电话给家里拜年，报声平安，即便如此，接通电话后，队员们也都自觉地尽量长话短说，不忍心占用时间。电话旁，早早就井然有序地排起了长队。

在给家人拜年的队员中，机械师邹正定显得很平静。无法回家过春节对于他来说没什么特别之处，像往年一样，这已经是他在南极连续度过的第七个春节。

"这么多年过去了，都已经习惯了。"和许多常年奔波在外的人一样，邹正定满是对家人的歉疚，"不过，既然选择了这项工作，干好它就是我最大的责任。对家人的愧疚，只能埋在心底。"

其实，有这种感觉的不只是邹正定，昆仑站队党支部书记崔鹏惠和机械师姚旭也已经是连续 6 年的春节在南极度过，荀水彪是连续第五……面对困难，他们的选择都是将对年迈双亲的放心不下、对娇妻爱子的百般柔情埋藏在心底。

与家人团聚、吃上一顿丰盛可口的年夜饭，是中国人过春节的最大幸福。由于除夕这天昆仑站队还要行进 80 公里，所以留给大厨姚卫云准备年夜饭的时间就只有半天。

为了准备年夜饭，姚卫云煞费心思，在除夕之前的两天，他就把年夜饭的半成品拿出来解冻，把包裹在棉被里的白菜和土豆准备好。

除夕下午 17 时许，25 名队员在不足 20 平方米的生活舱里欢聚一堂，围坐的长桌上摆满了食物，一盘松花蛋、两三样炒菜、四盘蹄髈、每人一只螃蟹、每桌一条鱼、再加上一锅速冻水饺……菜式虽然简单，但是对于队员们来讲却算是非常丰盛的，大家吃得津津有味。

崔鹏惠是科考队里年龄最大的队员，我们纷纷向他敬酒。老崔端起酒杯说："希望我们的家人在新的一年里都能身体健康。愿我们珍惜结下的这段患难与共的兄弟之谊。"

队友相互帮忙洗头

洗头中的队员

"半个队长"不易当

本次昆仑站队有25名队员,这些人的一日三餐,全靠姚大厨一个人张罗,而我和医生彭毛加措除了本职工作,没有别的固定任务,也就成了帮厨的"常客"。

在从中山站出发前,队长孙波对我们说,一个好的厨师、医生能顶"半个队长"。当时,这话我没有听懂,但是1个多月过去了,想想还真觉得有些道理。

41岁的姚大厨名叫姚卫云,来自上海东方航空食品有限公司,国家一级厨师。自从到了冰盖,生活舱就成了姚大厨的"主战场"。在不足20平方米的生活舱里,三分之一的空间是厨房,舱门边有4个长方形木桌,大家一日三餐都在这里。

身为大厨,让姚卫云操心的事情很多,例如菜谱不重样、怎样保存好食物。出于保存方便的需要,我们的食物以航空餐为主。预先搭配好的航空餐有一套餐谱——周一晚餐是豆豉蒸肋排、油面筋青菜、罗宋汤;周二晚餐是清蒸鲑鱼、牛肉茄子、菌菇老鸡汤……同时,为了让队员们在高寒地区能够得到足够的热量,肉类食品尤其丰富。

但这些看似丰盛的饭菜,刚吃上一两个星期便让人开始感到

彭毛加措为队友检查身体

厌烦。航空餐是炒制后装在塑料袋里的速冻食品，解冻后的味道实在有些不尽如人意。为此，姚卫云绞尽脑汁，努力做到每天菜谱不重样，并把解冻后的菜品重新翻炒，尽量使饭菜可口一些。

南极的低温容易使蔬菜冻坏腐烂，新鲜蔬菜没过几天就会冻成硬疙瘩。以往南极内陆科考刚刚过半时，蔬菜就"放不住"了。

这次为了保存蔬菜，姚卫云把它们"请"进了自己的住舱，用棉被包裹。可棉被不透气，舱里经常弥漫着一股馊味儿，刺鼻难闻。但在他的精心管理下，蔬菜保存的效果还不错，我们一直能吃上白菜、土豆。

要想干好"半个队长"，做好医疗保障是必不可少的素质。

初到昆仑站，许多人都出现了高原反应，连走路都会气喘，人也都瘦了一大圈儿,更何况还要高强度工作20天,彭毛加措深知其中的不易。

从中山站出发前,彭毛加措就为队员们做了详细的体检,血压、心电图、血氧、心率……每个人的身体状况,他都了如指掌。从中山站出发后,每天都有队友咳嗽、头痛、腹泻、眼干、失眠,这些病症对于彭毛加措来说,处理起来并不难,但也很琐碎费心。

高原反应防治是南极内陆科考的医疗保障重点。为此,彭毛加措在每个乘员舱都安装了自动制氧机。每天大家刚起床,他便开始为队员监测血压、血氧、心率等,晚上多数人都休息了,他还要重点监护几名有高血压病史的队员。

随着昆仑站队即将返抵中山站,我们的南极内陆科考也将结束。有一次,彭毛加措在帮我测血压时说,看着大家能平安回国,他感觉很快乐。

姚卫云在准备食材

帮厨中

中山站上忆"中山"

"报告,昆仑站队圆满完成科考任务,平安返回,人员状态良好、设备运转正常!"

"收到,你们辛苦了!"

2月11日下午,科考队在内陆出发基地举行欢迎仪式,迎接昆仑站队凯旋。科考队领队曲探宙与队员们逐一握手,相拥庆贺。

1月24日,我们从昆仑站撤离,返程历时19天,途中遇到了密集的冰裂隙,裂隙宽度达10米以上,这些都对车队行进造成了严重影响。

当晚,我们返回中山站,洗了一个久违的热水澡,看了一场迟到的"春晚"。在此后的一段时间里,我们还要维护保养雪地车、雪橇,整理科考物资,等待"雪龙"号完成南大洋调查后,登船回国。

我上次来中山站,一直忙于海冰卸货,正好利用这段等待"雪龙"号的时间,把站区转了转。

中山站的建筑有一个特点,不同的颜色区分不同的建成年代,红色的老主楼、褐色的综合栋、绿色的高空物理观测栋。我特意走进最早建成的老主楼参观,虽然房屋内部有些破旧,但依然能够看出当年的房间格局和模样。在这里，我惊喜地发现了一尊孙中山先生半身铜像，仿佛在提醒我，中山站是以孙中山先生的名字命名的。

建站初期，中山站建筑以集装箱式房为主，建筑形式单一，设施设备相对简陋。如今的中山站，已经发生了翻天覆地的变化，一座座建筑错落有致地分布在南极拉斯曼丘陵上，共同组成设备完善、技术先进的现代化"科技小镇"。

在站上，我听说了一些中山站建站的故事。

1987年，国家南极科考委员会办公室在北京组织专家就我国在南极大陆建设新站选址进行研讨，提出了在东南极拉斯曼丘陵地区建站的方案。1988年7月，国务院批准了相关报告和中山站建站方案。

1988年11月20日，"极地"号科学考察船载着中国南极科考队踏上征途。经过了1个多月航行，"极地"号抵达南极浮冰区。面对篮球场大小的浮冰块，"极地"号毫不畏惧，高歌猛进。

但意外发生了。破冰航行过程中，"极地"号船舷左侧钢板被大冰块撞出了一个大洞，情况危急！"极地"号急忙停船，放下小艇观察，发现在船舷左侧吃水线处，出现一个椭圆形窟窿。所幸"极地"号是双层钢板，海水没有灌进船舱。此后，"极地"号放慢速度，继续前行。

几天后，科考队安全通过高密度浮冰区，抵达南极拉斯曼丘陵建站预选区的陆缘冰前沿。科考队首先用直升机送部分队员上岸，在满地顽石的山岗上，平整出了相对平坦的长条地块，挖出了百余个地基坑。

随着气温上升，大片海冰出现了裂痕，浮冰逐渐漂走。见此情景，"极地"号加大马力，擦着陡峭的海冰向前航行。此时，"极地"号离岸边已不到400米。但是，就在这几百米的冰面上，却充斥着大小不一的冰丘，将船体堵截在岸线外，致使建站物资难以卸运。

冰情瞬息万变，一幕让人心惊的情景呈现在队员们眼前：在"极地"号左舷不远处，几座冰山在翻身，原本压在水下的冰块，弹射向船体，有的仅距离船身不到3米。

结合现场实际情况，科考队制定了3套方案：如果冰情减弱，船只伺机突围；如果冰崩持续危及船只安全，全体人员弃船上岸；如果船只长期被困，全体人员随船越冬。

为防止意外，部分人员撤离上岸，并着手建站前期工作。大家在浮冰之间搭上木板，每踏一步，都非常小心，以免跌落冰海。几天后，浮冰逐渐有了松动的迹象，"极地"号缓缓移动，紧挨着冰山航行。1989年1月22日，"极地"号终于脱困。

1989年2月26日，科考队员们顶住了超强的作业压力，在东南极大陆成功建立中山站。从此，包括老主楼在内的红色建筑群耸立在拉斯曼丘陵。如今，老主楼已经作为文化遗产被保护起来了。

科考站是队员们的大本营，从当年建站的艰辛，表明其重要性可见一斑。本次南极科考，中山站站区改造升级也是一项重要任务，简单来讲，就是拆旧建新。

拆旧建新不是一件容易的事，在冰封雪飘的南极，更是难上加难。在南极，真正适于施工的时间只有每年1月份。进入2月，白天气温已经降到零下十几摄氏度。在中山站这段时间，我经常看到，在大雪纷飞的极昼，工地钻机仍在轰鸣。每个项目的建筑垃圾、渗入地下的铁锈等，队员们也要逐一铲除，装袋回收。物品完成运输后，还要把雪地上的污迹清理干净。

其实，按照施工要求，清理完现场，作业也就结束了，但他们额外增加了一道工序：每拆完一栋房子，都要平整地基，拉来卵石铺撒，以恢复自然地貌。虽然这样做增加了许多工作量，但有利于环境保护。

如今，中山站几经扩建，规模越来越大，科研力量和生活条件大幅提升，已经成为我国南极科考重要的科研和后勤支撑基地，挺立在冰雪南极。

在中山站周边，还有许多别的国家的科考站，例如不到一公里外的俄罗斯进步站，步行就能到达，印度站和澳大利亚站则距离中山站较远，中间隔着大片冰山，需要乘坐雪地车或者直升机前往。在南极，只要提前打好招呼，无须外事手续，访客就能受到热烈欢迎和热情接待。茫茫冰原上，人的肤色、语言、民族，完全阻挡不了传递友谊。

队友到出发基地迎接昆仑站队队员

队员相拥庆祝

雪后中山站

中山站旁山丘日落

中山站老建筑前留影

它们才是"主人"

相对于冰盖上的艰苦生活,我感觉在中山站的日子,是有些惬意的。虽然工作依旧忙碌,但能住在暖和的房子里,每天能洗上热水澡,闲暇时可以在站区随意走动,站在海边看一会儿蓝天、冰山,运气好的时候,还能遇见企鹅、海豹。

南极是地球上唯一没有原住民居住的大陆。在中山站附近,每当我看到企鹅、海豹、海鸟等一些可爱的动物,我总是在想,它们世代在这里繁衍、觅食、嬉戏,它们才是南极真正的"原住民",我们不过是匆匆过客。

沿着中山站边崎岖不平的陡阶小路,翻山越岭走上300米左右,就能来到海边。在这里,经常可以看到企鹅成群结队,站卧姿势各异,有时一站就是几个小时,仿佛在思考"鹅生",在海冰面上格外显眼。

我看到最多的是帝企鹅和阿德利企鹅。帝企鹅体态较高,脖颈羽毛处有着一圈金黄色,站立的姿势非常优雅。见到人来,也不害怕,依旧鸣叫不停。南极的动物很少见人,所以也不怕人,反而跟人很亲近。阿德利企鹅体态娇小,长着一双圆圆的小眼睛,全身黑白分明,有一条小尾巴。我站在近处,它们还上下打量着我，一路"溜过"来跟我对视，那场景让我忍俊不禁。

我们到达南极时正是南极的夏季，是企鹅求偶生子的季节。经常可以看到它们在冰面上"散步"，晃晃悠悠地跳下水取食，风大时会俯下身子用"肚皮"滑行，然后匆匆忙忙地返回。

但企鹅也有生存艰难的一面，贼鸥就是企鹅的天敌之一。贼鸥，听其名，就知道它不是什么"好鸟"。它的长相并不难看，褐色洁净的羽毛、黑得发亮的粗嘴喙，目光炯炯。有时，贼鸥会从其他鸟类的口中抢夺食物。一旦填饱肚皮，就蹲伏不动，悠然消磨时光。

在众多被迫害的鸟类中，企鹅可以说是最倒霉的。企鹅的巢穴比较密集，本身也没有什么攻击性。所以，贼鸥经常"偷吃"企鹅蛋或者是尚未长大的小企鹅。

我在内陆出发基地时，经常看到贼鸥鬼头鬼脑地乱钻，放置肉类的纸壳箱要是搁在室外，稍不注意就会被它们啄开偷吃。有时，我看到几只贼鸥叽叽喳喳，上下翻飞，轮番向肉箱发起攻击——俯冲下来，叼上一块，立即飞走。驱赶它们时，它们还会挥舞着宽达近一米的双翼，与人斗争、争抢食品。

每次从中山站的油桶前走过，我总能见到贼鸥双脚紧紧钩住油桶边沿，将头探进油桶啄食。因此，老队员告诫我们，放完垃圾，一定要盖严，别让贼鸥偷吃，这样会影响贼鸥的觅食习惯，反而对其造成不良影响。

海豹的知名度远没有企鹅那么高。但对于企鹅来说，如果没有了海豹，它们可能要"额手相庆"了。

成群结队的企鹅 　　　　　　　　躺在海冰上的海豹

三只阿德利企鹅 　　　　　　　　海豹四处张望

中山站旁的企鹅 　　　　　　　　我与海豹合影

在南极，海豹真的称得上活成了"令人羡慕"的样子，吃饱了睡、睡醒了吃。在它的菜单里，除了常见的鱼类，还有企鹅。

有一次，我在中山站周边的海冰上看到了几只海豹。小巧的脑袋、圆圆的眼睛、光滑的皮肤，它们横卧在冰面上，萌萌的，看起来很好欺负的样子。在走向海豹的过程中，我突然发现冰面上有个圆形的洞口，黑乎乎的。老队员连忙提醒我，不要再凑近了。

南极夏季的海冰不结实。海豹经常会用牙齿啃噬海冰，凿开一个冰洞，爬上冰面呼吸新鲜空气。茫茫海冰之上，海豹啃噬的洞口很小，不走近很难发现。成年海豹重达 300 多公斤，有时一翻身就会压垮一块海冰。我止住脚步，在远处拍了一些照片，挥手跟海豹打招呼。海豹连眼皮都懒得抬一下，翻了一下身，依旧慵懒地晒着太阳

虽然海豹和企鹅是"敌人"，但我在南极经常可以看到同一块冰面上海豹悠然自得地睡懒觉、企鹅成群结队地嬉戏，互不打扰，相处得还挺愉快。

不知何时再见

终于到了离别的时刻。3月8日,我们将从中山站乘坐直升机飞回"雪龙"号,启程回国。前几天,"雪龙"号已经完成了普利兹湾及邻近海域的大洋科考任务,抵达了中山站外围海域。

下午,轮到我的飞机架次了。我一边匆匆忙忙地把行李往直升机上搬,一边与越冬队员拥抱告别。要走的人,要留的人,都有一种默契,脸上尽量保持笑容。

头一天中午,中山站越冬队员为即将撤站的队友举办了一个欢送宴,特地包了饺子。饭桌上,大家想说的话都说了,该流的泪都已经流过了。

打开直升机舱门,回头望去,在越冬队员若有所失的目光中,我的心一阵阵隐痛。我们离去后,这里就仅剩27名越冬队员了。他们将在中山站度过漫长的极夜,那是伴着长夜、寒风、冰雪的极夜,要面临低温、酷寒、暴风雪等考验,而这一切都要他们独自去承受。

舱门关闭,直升机发动了,我们互相挥舞着手。直升机腾空而起,螺旋桨卷起的巨大气流激起漫天尘土。我向下望去,站在地面的越冬队员没有背转身去躲风,依旧跟我们挥手道别。

终于可以回家了，踏上归国之路，可是我却兴奋不起来，怅然若失，仿佛有些"东西"永远留在了南极。

机舱里，我的心里翻江倒海，与大家平时生活的情景有如电影一般，一幕幕在脑海中闪过。脸谱油罐、天鹅岭、莫愁湖、熊猫码头，初来还觉生涩的地名，如今早已稔熟于心。

随着一声声汽笛在拉斯曼丘陵上空回响，"雪龙"号掉转船头，启程回国。

再见南极，不知何时再见！

中山站为撤站队员举行欢送宴

直升机向"雪龙"号吊运物资

队员搬运物资装箱上船

中山站最后的留影

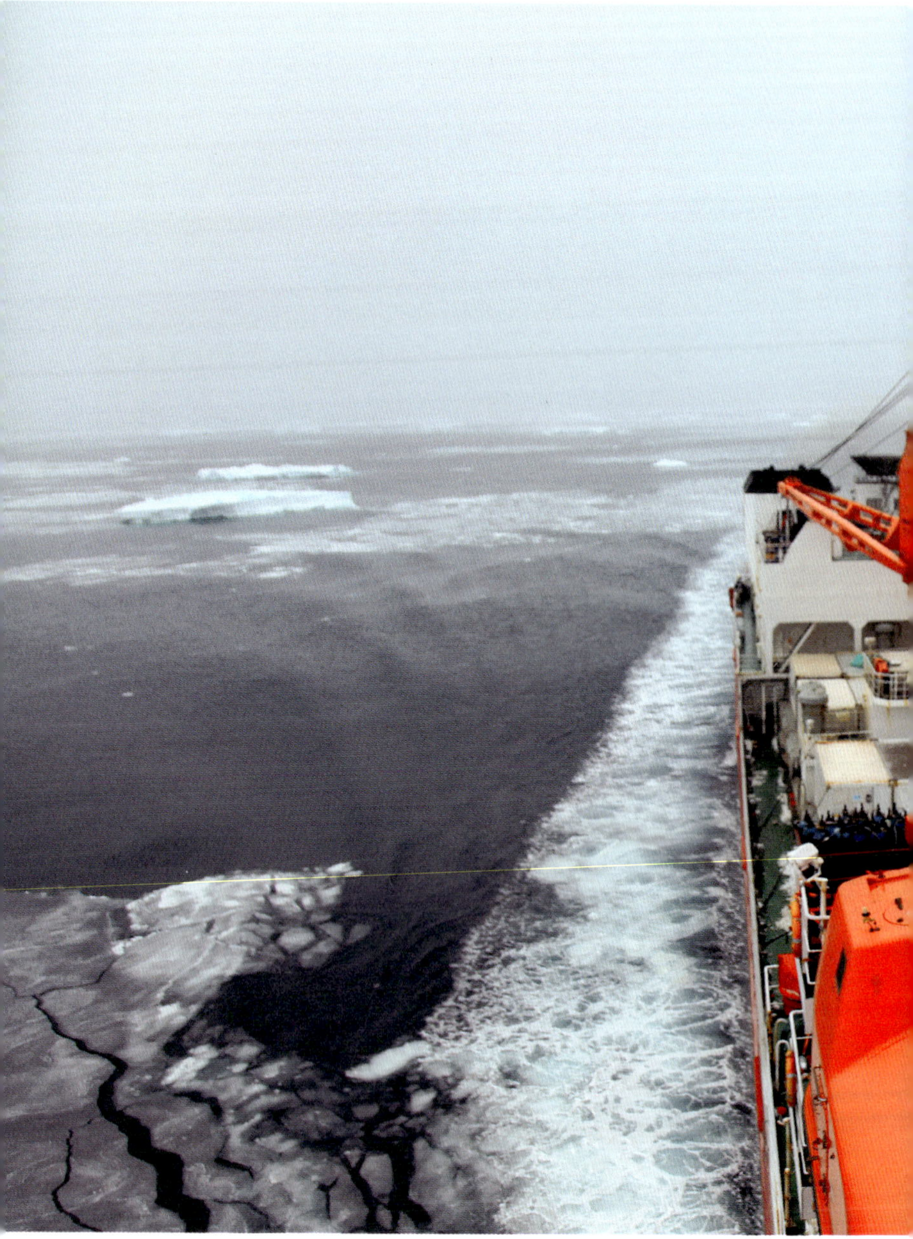

「雪龙」号驶离中山站所在海域

北极篇

梦圆一半

再一次来到上海、再一次登上"雪龙"号、再一次住进 5 楼房间,这一切都那么熟悉,依旧是感人的告别场景,依旧是那艘船。时光匆匆,已经过去 4 年。

"为什么还要去北极?"参加中国第 7 次赴北极科考前,很多朋友问我。

去北极的理由?之前参加中国南极科考队时,队友们就常常向我描述北极的各种美景,于是,从那时起,走向北极的念头就开始在我心中萌发。

北极是对全球气候变化响应和反馈最为敏感的地区之一,吸引着全世界科研人员的目光。此前,我国于 1999 年、2003 年、2008 年、2010 年、2012 年和 2014 年共开展过 6 次北极科学考察。去北极的机会,比去南极更加难得。这是我国第 7 次北极科学考察。于我而言,登上"雪龙"号,走遍南北极的梦就圆了一半。

2016 年 7 月 11 日 10 时许,伴随着一阵汽笛声,"雪龙"号缓缓驶离码头,船头翻滚的浪花,宛如跳动的字符,开始记录一段新的旅程。中国第 7 次赴北极科考队正式向北极进发。

"再见,祖国。再见,亲人!"甲板上,队员齐声高喊,与祖

北极科考队队员合影

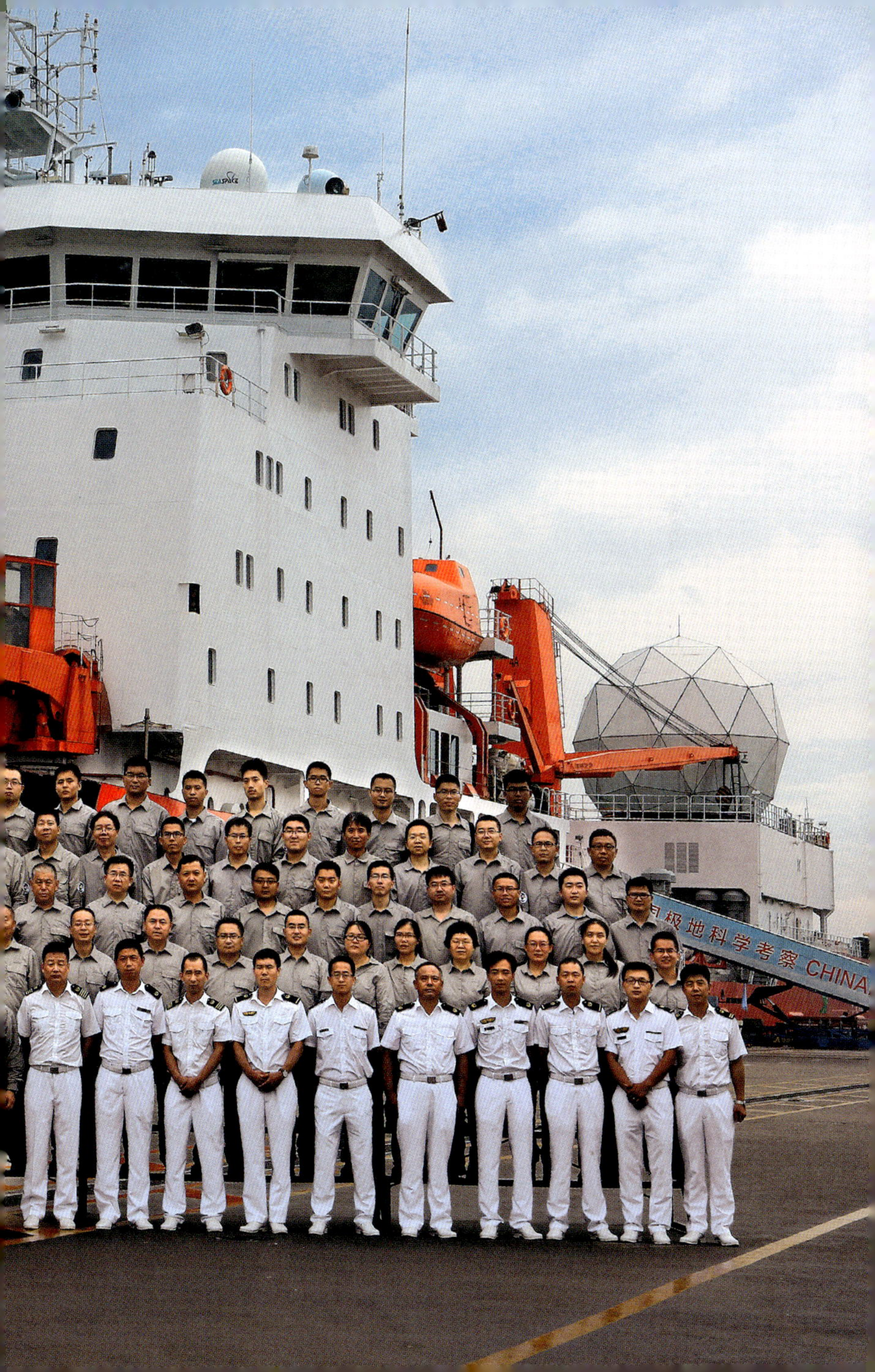
极地科学考察 CHINA

国和亲人告别。送行的亲友在码头挥手道别，久久不愿离去。我也算是一名老队员了，第二次感受"雪龙"号离别的氛围，不禁还是有些感慨，只能拼命拍照、摄像，试图用这样的方式抚平内心的波澜，只有这样才能让自己摆脱离别的伤感。

128名来自不同地区、不同行业、不同单位的"老北极"和新面孔，将在70多天的北极之行里，携手并肩，共同奋斗，在白令海、白令海峡、楚科奇海、楚科奇海台、门捷列夫海脊、加拿大海盆和高纬海区等北极太平洋扇区进行综合科考，在亘古不化的冰雪间探索北极的奥秘。

一路向北，直到世界的尽头，历经春夏秋冬，一次次穿越时区、总航程1万多海里……前方有接天连日的北极冰区，有许多不可预测的危险，壮美神秘的北极，正静候着我们慢慢揭开它神秘的面纱。

领队挥舞队旗

岸边送行人群

小小的"下马威"

自"雪龙"号起航以来,受台风"尼伯特"残留云系影响,我们遭遇了恶劣海况的考验,翻滚咆哮的海浪给我们来了个"下马威"。

透过舷窗向外望去,天空灰蒙蒙一片,海面上白浪滚滚、波涛汹涌,"雪龙"号左右摇摆,上下颠簸。巨大的涌浪拍打在船身上,发出浑厚低沉的撞击声,人在船舱里,走路像踩在棉花上一样。

"风力几级了、浪高多少?"我追问随船气象预报员孙虎林。

"现在风力只有5级,浪高还不到2米,这种海况算是不错了,晚上风力将达到7级、浪高会达到3米,好戏还在后头呢。"看来恶劣海况的考验,还远未结束。

7月12日,一早醒来,没有昨天的剧烈摇晃,虽然还是阴雨绵绵,但是晕船的感觉减轻了不少,感觉格外轻松。

清晨,我在甲板上遇到"雪龙"号船长赵炎平。我跟他是老相识,之前去南极时,他还是见习船长,这几年已经可以独自带领"雪龙"号执行科考任务。他告诉我一个好消息:"我们跑过了气旋,将迎来一段好天气。"

早饭后,我提着重重的"长枪短炮"守候在驾驶台前。按照计划，我们今天上午将抵达韩国济州岛锚地，迎接来自美国、法国的3名国外科学家和科研设备上船，共赴北极。

海上风云莫测，船有时驶进一朵云下面，就会下起阵雨；驶出了这朵云，雨就停了。济州岛是韩国著名的旅游胜地，我们到锚地的时候，天气不太好，放眼望去，灰蒙蒙的，济州岛看上去像一个剪影。尽管海况不佳，但海面上依然有许多白色帆船，星星点点，点缀着深灰色的海面。

上午8时许，外国科研人员乘坐的拖轮慢慢地向"雪龙"号靠近，船员一边操作吊车把拖轮上的科研仪器吊上"雪龙"号，一边放下绳梯迎接他们上船。这时，狂风骤起，雨越下越大，"噼噼啪啪"地砸在船员身上，工作服早已经湿透了。见此情景，几名队员不顾大雨跑到船边，一起帮着提东西，热情地把他们迎进船舱。

每个航次中，"雪龙"号都要举行救生演习。一天前，三副邢豪和水手刘少甲为队员们详细讲解了救生衣的使用技巧。

当天下午4时30分，"嘟、嘟、嘟……"，广播里传来一声声急促的报警信号，救生演习正式开始。我们立刻穿上救生衣，赶到三层甲板集结。

"雪龙"号三层甲板左右两舷分别有一艘救生艇，每艘艇能乘坐66人；此外，船上还携带了9个10人座的救生筏、4个20人座的救生筏以及2个25人座的救生筏，救生设施的配置远远高于国际标准。

除了救生艇，为了确保紧急情况下所有科考队员的安全，"雪龙"号还准备了充足的消防设备，并制定了详细的应急预案。船

外国科学家和科研设备上船

在海上航行过程中，火灾是安全大敌。船上有 4 套固定式灭火器，在货舱等处，安装了自动感温、感烟的水喷淋灭火系统；在机舱、船头等关键部位，安装了高压二氧化碳和低压二氧化碳灭火系统，在船艉和直升机库等处，还有惰性气体灭火系统。此外，在船舶各处还放置了 200 多个便携式灭火器。

大海航行，安全第一。下午，科考队召开第一次全体会议，领队夏立民在会上再次强调了安全的重要性。"安全是重中之重，我们要时刻紧绷安全弦，查缺补漏，堵住安全隐患，防止由于麻痹大意、工作疏忽而造成的无法弥补的损失。"

至此，中国第 7 次赴北极科考队全员到齐。"雪龙"号开足马力，一路向北。

科考队领导与外国科研人员座谈

消防演练现场

特事特办购"雪龙"

7月15日,大海终于云开雾散,露出久违的阳光,"雪龙"号航行在一望无际的湛蓝色海面上,白云朵朵,波光粼粼,进入了鄂霍次克海海域。随着天气好转,"雪龙"号的航行也平稳多了,痛苦的日子终于过去了,船上的生活渐渐恢复正常。

作为我国一艘专门从事南、北极科学考察的破冰船,"雪龙"号不仅肩负着运送科考队员和科考物资的任务,同时也是一座穿梭南、北极的流动科学考察基地。这是我第二次登上"雪龙"号。这条船,对我而言充满了家一样的亲切和温馨。

在我国极地科考历史上,"雪龙"号是第三代科考船。1984年,我国首次开展南极科考使用的是"向阳红10"号和"J121"号船,这两艘船只是普通船只,并无破冰能力。1986年,我国开始使用"极地"号,原系芬兰建造的一艘具有1A级抗冰能力的货船,购进后我国进行了大面积改造,使它成为极地科学考察船。在完成了6次南极科考任务后,"极地"号于1994年退役。

"雪龙"号的采购得益于总理预备费。1992年秋,乌克兰造船厂有破冰船急于出售。但当时我国外汇储备有限,财政部和国家计委的财政计划也早已审批完毕,难以挪出经费。时任国家南极科学考察委员会主任的武衡写报告上报国务院，时任国务院总理李鹏特批从总理预备费中解决。1993年，我国以1750万美元从乌克兰买进这艘破冰船。

随后，"雪龙"号开始承担南北极科考任务，足迹遍及五大洋。2007年，"雪龙"号进行了大规模更新改造，提高了船上设备的自动化程度，装备了多套科学调查设备，调整了实验室布局，更新了通信导航系统，改善了生活设施；为进一步满足极地科考需要，"雪龙"号于2013年又进行了恢复性维修改造工程，完成了动力系统、甲板机械、环保系统、科考设备等恢复性维修和改造，更新了主推进动力装置和辅助机械，装备了先进的船舶防污染设备。

现在，船上共有床位120多个，实验室面积达570多平方米，可进行多学科海洋调查；多功能学术报告厅可满足科考队员在船上进行学术交流需要；船上配备了先进的通信导航设备、数据处理中心、安保监控中心、机舱自动化控制系统和科考调查设备，拥有容纳两架直升机的机库和一个停机坪。

改造后的"雪龙"号船大大增强了穿越西风带和进行冰区航行作业的安全系数，提高了适航性、可靠性和环保水平，延长了使用年限。

在70多天的北极科考过程中，吃的怎么样？住的环境如何？一直是科考队员和家属关心的问题，上船后大家发现这些担心有些多余，因为船上的饮食和住宿并不比船下差。

我住在"雪龙"号517房间，这是面向船头的一间房，里边有一个上下铺和一个沙发,另外还有一张书桌、一个卫生间和3个衣橱,房间设施布置得紧凑实用,洗漱用品和床单被罩一应俱全,感觉仿佛回到了大学宿舍。

"雪龙"号有两个餐厅,船员在一楼餐厅用餐,科考队员在宽敞明亮的二楼餐厅用餐,每天7:15—8:00是早餐时间,两种稀饭、4种点心、4种酱菜和鸡蛋、牛奶。中餐和晚餐基本是四菜一汤,两荤两素,啤酒、饮料、咖啡24小时供应,在这里,想吃什么就拿什么、想喝什么就取什么,只要不浪费,你无须付费或打招呼。

"我们是按照三星级酒店的标准打造餐饮和住宿环境的。""雪龙"号事务主任缪炜告诉我,由于科考队员来自五湖四海,每个人都有自己偏爱的口味,为了保障科考活动顺利进行,厨师班可以做到菜谱十天不重复,船上携带了近700种食品和调料。

海上航行,淡水非常宝贵。船上用水分为3类,饮用水和生活用水分别装在不同的水舱。为了保障科考队员能够随时随地喝上开水,科考队员的房间都配有电热水壶,方便大家自己烧水饮用。每层甲板也都配有自动饮水机,24小时供应开水,队员在需要的时候可以随时取用。

由于极地特殊的自然环境,对科考服装的要求也特别高,根据每个科考队员承担的科考任务,科考队给他们发放的服装也不尽相同。

科考队员在航渡期间所穿的队服主要是一套红色防风衣和黑色防风裤,一套蓝色抓绒衣裤。在户外工作时,所穿的则是一套特别耐寒的橘黄色"企鹅连体服"。这套企鹅服上镶嵌有反光条，主要用于船上和小艇作业时所穿。

此外，在南、北极低温、高原、强烈紫外线等极端环境下工作，科考队员需要将头、手和脚保护好，科考队给每名队员都配备了帽子、手套、工作皮鞋、防水鞋、保暖袜、墨镜以及护肤用品，为科考队员提供细致入微、全方位的保护。

北极海冰上的"雪龙"号

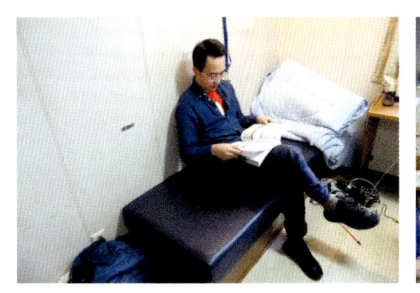

在住舱沙发上翻看科考材料　　　　　　　　　　　　队员在食堂用餐

科考项目全面展开

7月18日,经过8天的风雨兼程、日夜奔波,"雪龙"号终于抵达北太平洋海域第一个海洋调查作业站位,开始了此次北极科考首个作业站位的调查与取样。

15时许,在"雪龙"号艄部甲板,队员们有条不紊地把一个重达200多公斤的CTD仪器推到船舷边,吊挂在一个巨大的红色绞车上,将其缓缓沉入了大海。

CTD是温度(Temperature)、盐度(Conductivity)、深度(Depth)的缩写,这是一个测量海水温度、盐度(电导率)、压力、溶解氧的大型自动记录系统,由24个10升的采水瓶组成,每下降到一定的深度,采水瓶就会自动打开,采集海水样品。同时,不同深度海水的多项指标也会实时在实验室电脑中显示,如同人们检查身体的超声波,十分先进。此外,CTD上还搭载了一台声学多普勒海流剖面仪,用于监测海流中的叶绿素和溶解氧等多项指标。

监测数据显示,北太平洋首个作业站位的水深约5000米,随着CTD越沉越深,采集的数据量也越来越多,CTD下降到3000米时就开始回收,经过近2个小时的科考作业,科考队圆满完成首个站位作业。

7月19日,"雪龙"号一路劈波斩浪,向第二个作业站点继续赶路。虽然海面上能见度不高,但是风浪很小。在驾驶台上,我通过望远镜依稀看见一只小鲸鱼与"雪龙"号赛跑,在船边附近海面下隐约露出身影,偶尔浮出海面,露出黑黑的背脊。

中午时分,"雪龙"号抵达作业站位,在这里进行布放锚碇长期观测浮标作业。此处海域位于北太平洋,水深3800多米。

这项科考作业比较专业,与我在南极看到的作业项目完全不同,我连忙向首席科学家助理刘娜请教。她告诉我,本次布放的锚碇长期观测浮标主要由浮体系统和锚碇系统组成,浮标上部搭载了风速风向仪、气压计、空气温湿度计、GPS等设备,下部装有海面表层温度、盐度探测仪记录器,观测到的相关海气数据可直接传回国内。为保障浮标正常工作,获得较长时期固定点位观测数据,浮标上除了配有蓄电池外,还备有太阳能和风能发电设备,可供浮标对海洋水动力环境特征定点长期连续观测。

锚碇浮标布放分为3个步骤:第一步为浮标体在中部起吊及入水;第二步为缆绳释放,标体和船体分离;第三步为后部甲板锚系材料入水。这活儿看似简单,仅浮体就重达2.3吨,锚系材料更是由4吨多重的拖底锚链和水泥重块组成,由于海况瞬息万变,不仅要确保顺利投放,还要避免浮标砸伤人或损坏船舷。

还没等到"雪龙"号完全停机,心情急切的科考队员就已经戴上安全帽、穿上厚厚的防寒服和工作鞋,冒着凛冽的海风,提前就位,按照一路上演练过多次的程序,准备投入作业。科考队精心挑选了多名对北极现场作业较为熟悉、具有浮标布放回收经验的队员参与。

12时20分左右,船上红色的大吊车在船员的操纵下"轻舒猿臂",将固定在舱盖上的浮体吊起向船舷外移,十几名科考队员紧紧控制住系在浮标上的止荡绳。

在标体下部稳定入水后,控制释放钩人员脱钩,控制止荡绳人员回抽止荡绳。在标体脱钩释放后,"雪龙"号在海风和流场作用下,逐步与浮标分离。

船舷解缆完毕后,我们立即赶到"雪龙"号后甲板释放缆绳。2个多小时后,水泥块和锚链等拖底锚系材料安全释放,整个锚碇长期观测浮标布放作业顺利完成,船上响起一片欢呼声。

刘娜告诉我,由于北极环境恶劣,我国在这里的锚碇长期观测浮标布放数量很少,非常缺少连续观测数据。通过锚碇观测浮标,可获取北极区域定点海气界面长期变化数据,利用该数据订正数值模式数据和卫星数据,计算海气界面的热通量,为北极变化对中国气候影响提供基础数据。

布放 CTD

甲板上的浮标

布放浮标作业

队员在后甲板进行布放作业

厨房续"前缘"

以丹麦航海家白令姓氏命名的"白令海"号称北冰洋的门户,是我们从太平洋进入北冰洋的必经之路。

7月23日,白令海展现了"脾气暴躁"的一面,清晨还是风平浪静、艳阳高照,可是转眼间海面上就雾气蒙蒙、寒风呼啸,停泊在作业点的"雪龙"号轻如鸿毛,在大海中上下颠簸、左右摇晃。海面风力达到了六七级,涌浪三四米,船身摇晃幅度很大。走廊里,时常能听到房间里的东西倒下来的声音。

上午8时,刚吃过早饭,我和新华社记者伍岳来到厨房帮厨。"雪龙"号上5名厨师每天5点半就开始忙碌,配菜、洗菜、切菜、炒菜,为队员们准备一日四餐,着实辛苦。帮厨是极地科考队里的老传统了,可以缓解厨房人手不够的难题。

船上厨房不允许有明火,一切都是用电。我刚走进厨房,就闻到刚出炉的腊鸡香味,正在炖的卤味猪蹄也很诱人。

"哎呀,伙食不错呀。"上船这几天,我们跟几位大厨已经很熟了。

"你们真是'中奖了',明天科考队聚餐加菜,今天要多准备一些,任务比以往重。"厨师长秦冬雷笑着说。

"没事，这也是为自己服务嘛。"我和伍岳一边和厨师聊天，一边择菜，2筐苦瓜和辣椒很快就择完了。随后，我们又开始帮忙准备聚餐要用的大蒜、鸡爪。不知不觉中，半天时间就过去了。

看我们一直忙活，大厨李顶文有些不好意思。"队员伙食标准提高了，食材也多了，我们厨师班只有5个人，工作量大了些，辛苦你们了。"

"这算啥，还有啥要干的不？"其实，我知道，真正辛苦的是这些厨师。

俗话说，民以食为天。船上有120余名队员，有的喜欢吃辣、有的喜欢吃甜，老同志喜欢清淡、年轻同志喜欢吃肉，这些"天大的事情"都由厨师们操持。

前段时间，"雪龙"号遇到狂风巨浪的袭扰，时常颠簸，晃得厉害。但是科考时间紧、任务重，队员们必须昼夜作业，不能停歇。为了让大家吃饱、吃好，厨师们绞尽脑汁想"变出点花样"，确实不容易。

备好菜后，我们又协助厨师把厨房的垃圾进行分类处理。船上实行严格的垃圾分类制度，每层甲板都有垃圾分类回收桶。垃圾分为三大类：一是纸制品等可燃垃圾，二是易拉罐、塑料瓶等不可燃垃圾，三是剩菜、果皮等食品废弃物。

晚餐过后，夕阳西下，许多队员都在甲板上拍摄夕阳。放眼望去，在天际线的尽头，是红彤彤的落日和漫天霞光，船艉处一条笔直的淡绿色水道里，留下了"雪龙"号蜿蜒的航迹。望着眼前的大海，我感慨万千。之前在南极内陆时，我就经常帮厨，跟科考队的厨房还真有缘分。这些厨师在船上没有轰轰烈烈的壮举，只是日复一日、年复一年默默坚守在小小的厨房，但是他们对科考队的贡献，早已经写在了茫茫大海上。

航行途中看日落

海上日落

队员在船舷欣赏日落

"脏"冰区里首遇北极熊

7月26日一早,打开窗帘,被窗外的美景震撼到了。

一望无际的湛蓝色海面上,白云朵朵,浮冰点点,令人心旷神怡。随着"雪龙"号一路破冰航行,一片片沉默不语的浮冰不时从船边漂过,砸到船体发出"哐、哐"的巨大响声。

一天前,我们穿过了白令海峡。从北纬66度33分、西经168度58分穿越北极圈,进入北冰洋。我们在甲板上身着红色队服,高举标有经纬度的牌子,组成"七北"字样以示庆祝并放飞了写满祝福语的许愿气球。

"进入浮冰区了!"见到这个场景,我心里有数,二话没说,赶紧跳起来,拿起相机,冲向驾驶台。这时,驾驶台里的人很多,船长赵炎平正在指挥船舶航行,几名队员正在拍照片。

"我们于7月26日6时许进入浮冰区,正在奔赴预定作业站位。"赵炎平脸上看不到初见浮冰的兴奋,他考虑更多的是浮冰对作业站位和船舶航线的影响。"经过对卫星云图和浮冰分布信息的研究,这片浮冰带对'雪龙'号航行的影响并不大,随着时间推移,海冰将进一步融化。"

我跑到驾驶台外的船舷边,拿起相机拍照,突然发现一块块淡蓝色的浮冰中间夹杂着许多黄土，看上去脏兮兮的。许多"脏"冰夹杂在洁白的海冰中间，使得有的浮冰半边干净、半边"脏"，有的浮冰中间干净、四周很"脏"。

"北极的浮冰怎么这么脏？难道这里污染这么严重？"因为参加过南极科考的关系，曾经在南极饱览过无数洁白无瑕、晶莹剔透的浮冰，给我留下了许多美好的回忆，想象中北极的浮冰一定不会比南极逊色，然而眼前的景象却让我大跌眼镜，北极的浮冰居然是"脏"的。

我赶紧跑到实验室，去请教科考队里研究海冰的专家，让他们解释一下"脏"冰形成的原理。经过多方请教才知道，原来我这种北极浮冰被污染的担心过于敏感。

首席科学家助理雷瑞波告诉我，北极海冰变"脏"并不是因为受到污染，而是受到北极沿岸陆源、大气等因素的影响。与南极常年被冰雪覆盖不同，北极周边是人类居住生活的大陆，沙尘、大气等陆源物质会流到海里。此外，由于此处海水深度较浅，只有几十米，海底的泥沙也有可能随着海浪翻到冰面上，从而"污染"了洁白的海冰。

在从事海冰研究的队员孙晓宇看来，造成"脏"冰的主要原因是冰藻。虽然从表面看海冰一尘不染，但是在海冰中间和底部有许多黄褐色的杂质，这就是生活在海冰中的冰藻。在海流小的地方，冰藻群从海冰底部翻上来，就像一层厚厚的"草坪"一样。

科学研究表明，冰藻冬季进入海冰后就像种子一样储存到海冰中，海冰夏季融化后，冰藻就从海冰中"脱颖而出"，在阳光和

队员释放探空气球

海水的作用下迅速生长和繁殖,变成底栖生物的食物。

令人意想不到的是,在"雪龙"号进入浮冰区首日,就看到了一只北极熊。当时,北极熊正在海中游泳,突然看到"雪龙"号这个庞然大物行驶过来,吓得连忙掉头就跑,根本就不敢回头看。由于距离太远,我来不及去拿相机拍照。曾经来过北极科考的老队员告诉我,由于这片"脏"冰区有丰富的底栖生物,养活了许多海洋动物,北极熊到此有可能是为了觅食。

北极"脏"冰不仅引起了我的关注,还引起了科考队海冰组的兴趣。从今日起,雷瑞波、孙晓宇、沈辉、季青等几名科考队员开始24小时值守,每半小时对"雪龙"号周围海冰的厚度、密集度、形状等进行细致观察记录,为揭示北极的神奇奥秘、攀登科学高峰不断努力。

北极"脏"冰

远眺北极熊

科考队过北极圈合影留念

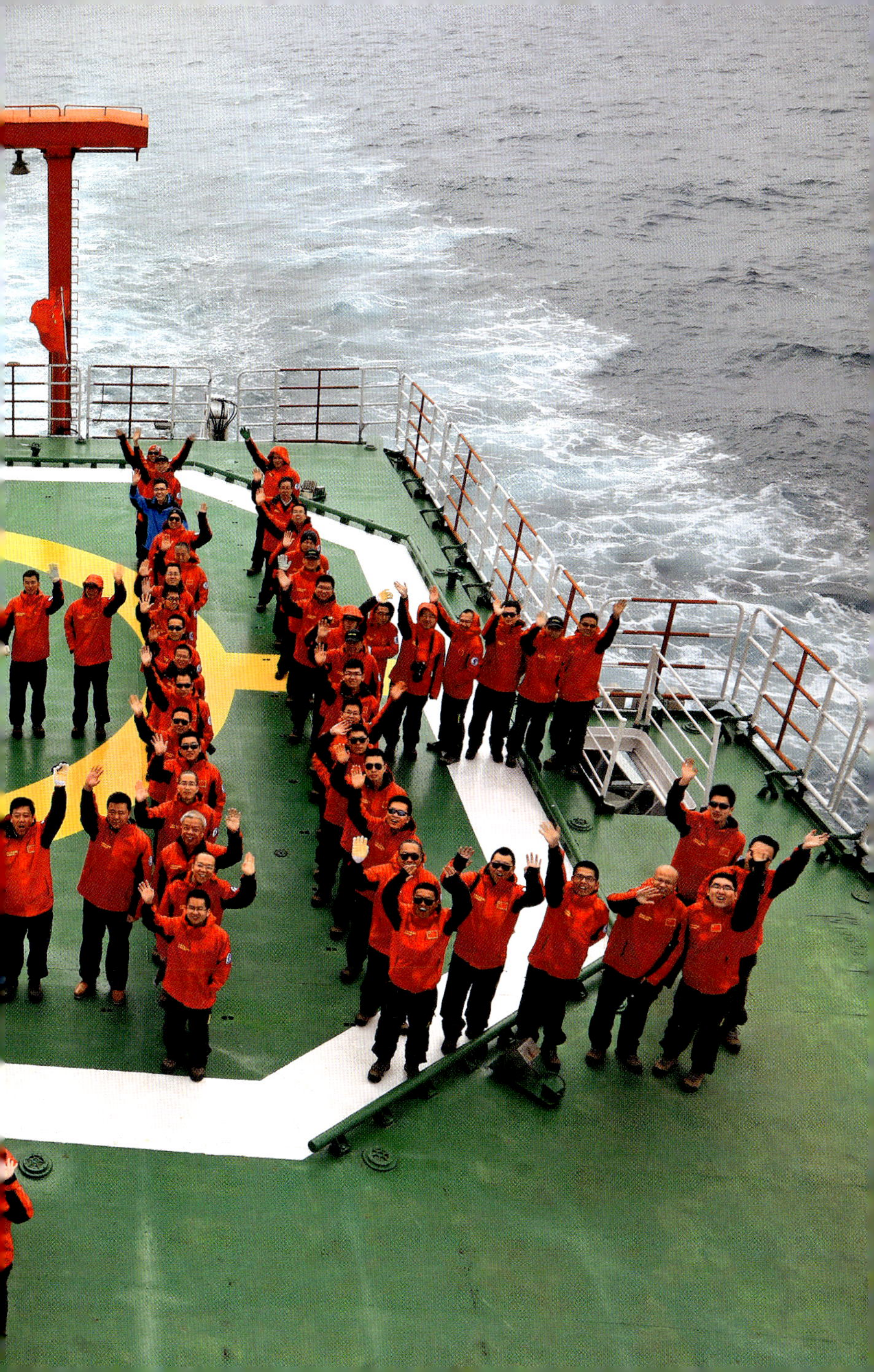

随冰漂流记

忙碌，永远是科考工作的基本节奏。进入浮冰区后，"雪龙"号一改往日风风火火赶路的状态，开始走走停停，按照事先计划的作业站位，一站接着一站地进行科考作业。

8月3日一早，我正在食堂吃早饭时，碰到首席科学家助理雷瑞波、领队助理曹建军。见他们穿戴好连体羽绒服，不禁好奇，询问得知，他们要去冰面上布放冰浮标。

这是本次北极科考首次进行冰上作业。我连忙回到房间拿起相机，想随行前往。可是，冰上情况复杂，队里只批准他们两个人前往。无奈之下，我站在船舷边，看着他们作业。

上午8时许，船上的吊笼已经准备就绪，他们钻进吊笼，红色的大吊车将他们乘坐的吊笼吊起，向船舷外移动，随后缓缓将其放置在冰面上。走出吊笼后，两人神情专注，艰难前行。广阔平坦的冰面看似坚固，其实分布着许多脆弱的冰裂隙。两个人用铁锹试探着向前走，一步一个脚印，不敢有丝毫松懈。

不一会儿，他们在距离船舷几十米处，停下脚步，把冰浮标放置在冰面上，调试设备。随后，他们又按照原来的路线返回吊笼，整个作业过程只用了10多分钟。

回到船上后,"雪龙"号再次起航,向下一个作业站点驶去。

"这个冰浮标是做什么的?"

见到雷瑞波后,我不禁向他请教。

"冰浮标可以了解海冰形变过程,观测单个海冰漂移轨迹。该浮标将随冰漂流,实时将气温、气压、漂流的经纬度等数据通过卫星发回国内的接收器,我们可以随时监测这片海冰的漂移动向。"雷瑞波不厌其烦地为我这个门外汉答疑解惑。

此后,我们还在北极海冰上布放了1个冰基拖曳式海洋剖面测量浮标、2套海冰物质平衡浮标、5套海冰温度链浮标、1个漂流气象站和1个上层海洋剖面浮标。这些浮标在我们离开后随冰漂移,实施无人值守长期观测。

相对太过专业的冰浮标,到海底"捞鱼"更能引起我的兴趣。北极的海洋生物资源丰富,海洋生态系统调查也是历次北极科学考察的重点。

入夜,在艉部甲板上,队员们进行了大型底栖生物拖网作业。通过"雪龙"号绞车钢缆,底栖生物拖网缓缓沉入大海,并在"雪龙"号3节航速的带动下,贴着海底缓缓拖行了15分钟。

这是一种专门设计的底栖生物拖网,网口为2.5米,上部网衣网孔小于2厘米,底部网衣网孔小于0.7厘米,主要用于大型海洋底栖生物的调查采样。该海域水深约530米,施放的缆绳约1500米,作业用时一个多小时。

没想到,拖网一出水就已经破了,拖网"肚子"里装满了泥沙,十分沉重,仅凭几名队员根本无法拖动。见此情景,我们

底栖生物拖网作业

队员回收拖网

捕捞的螃蟹等样品

拿着螃蟹合影

在场的近30名队员一起上阵，使劲往上拉，才成功把拖网拽到船上。

待到拖网被打开后，所有人都惊奇地睁大眼睛，除了泥沙外，还有许多大小不一的石头和一些海星、海绵等，科考队员细致地从已经破损的拖网中挑选出各自研究领域的"宝物"后，进行清洗、测量、拍照、样品留存并记录捕获海洋生物的重量和数量。

取样完成后，我正准备回房间整理拍摄素材。这时，我看到队员还仔细清除了拖网上的遗留生物，不禁停下脚步。原来是他们怕这个站位的样品混入下一站。经初步处理后，除了用于活体观测的样品，其他样品全部使用固定液固定和保存。

首席科学家助理汪卫国告诉我，这些样品有助于研究北极海域底栖生物种类组成和数量分布特征，探讨底栖生物与海洋物理、化学等环境因子的相关关系，分析北极海洋动物资源对全球气候变化的响应。

首登北极浮冰

8月4日,我们队经过几天的寻找,在北纬78度59分、西经169度11分的海域寻找到一块合适做短期冰站的浮冰,开展了本次北极科考首个短期冰站作业。

冰站观测是北极科考区别于南极科考的一个主要特征。单从作业时间上来说,短期冰站作业只有4—6个小时,而长期冰站作业一般在一周以上。

冰站选址是冰站作业的前提。除了冰的厚度和平整度要达到要求,小艇能否靠上都是需要考虑的因素。由于当时海冰减少、密集度下降,本次北极科考进行首个冰站作业的位置比此前历次科考都偏北。

过去几天,我们一直在寻找合适的作业位置。7月30日,科考队召开全体队员大会,宣布了严格的"下冰"制度,每名到冰上作业的队员,均需提前一天提交作业申请,经科考队审批后方可登冰作业。

8月4日清晨,我们终于发现了一块适合短期冰站作业的浮冰。当时,"雪龙"号无法在浮冰边缘停船,科考队决定放小艇送科考队员到浮冰上作业。按照要求,8月4日13时30分,18名冰面作业人员乘坐"雪龙"号所载的"黄河"艇抵达短期冰站作业区。我也随同前往。

我们把短期冰站的作业内容形象地称为"卧雪钻冰",指的就是队员们钻取冰芯、收集雪样的过程,这也是短期冰站主要的作业项目。此次短期冰站设有海冰物理组、水文光学组、海洋化学组和海洋生物组4个小组,观测项目包括温度链浮标布放、海冰物理冰芯采集、积雪物理观测、冰雪厚度电磁感应观测、海冰光学观测、冰雪厚度雷达观测、冰面融池辐射等。

其中,海冰物理组进行冰芯采集、海冰厚度剖面等观测,水文光学组进行海冰、冰面融池辐射和反照率观测,海洋化学组对海水、海冰、融池中的营养盐、二氧化碳等指标进行测量,海洋生物组通过采集冰芯、融池水样、冰下水样对该地区生物进行研究。

在冰面上作业并非易事。北极天气变化多端,时而大雪、时而浓雾、时而狂风,冰站作业的难度很大。作业前,科考人员和设备都由船载"黄河"艇运至指定作业区。科考人员和物资上冰前,冰面作业现场负责人和防熊队员首先对冰站周围情况进行观察,包括探测冰面荷载强度、冰裂隙和覆雪融池等并设立防熊观测点。确认无危险后,科考人员才登冰开展作业。

为防止北极熊袭击,科考队对我们进行了防熊培训。作业期间,防熊队员站在冰站区域的四周警戒,值班人员在驾驶台上也拿着望远镜帮助眺望,冰面作业现场负责人全程巡视。如遇突发情况,防熊队员会立刻示警,"黄河"艇和"海豚"直升机随时前往救援。

这是我来北极第一次上冰。北极海冰与南极海冰最大的不同,就是北极海冰更薄、更脆,每走一步都要更加小心,在冰上,很多精细的作业项目需要裸手操作,打冰芯时,涌上来的冰水瞬间就将鞋裤浸湿。因为设备安装需要,不少队员只能趴在冰面上干活儿。

经过4小时作业,我们采集冰芯23支、冰下海水50升。其间,还在冰面布放了两个温度链浮标,该浮标将在未来一年内为科研人员提供该点位水—气剖面温度的观测数据。

北极海冰一角

"雪龙"号布放"黄河"艇

队员登上黄河艇

"黄河"艇登陆海冰

队员钻取冰芯

队员正在开展科考作业

短期冰站作业现场

茫茫冰海难寻冰

8月7日,"雪龙"号在圆满完成第4个短期冰站作业后,在浮冰区里劈波斩浪,一路向北航行,努力寻找一块适合做长期冰站的理想浮冰。

相较短期冰站上几个小时的作业,我们需要在长期冰站上连续进行8天20多项科考作业,因此对海冰的面积、厚度、平整度要求更高。

北冰洋上的海冰真是令人琢磨不透,我们刚进入北极浮冰区时,随处可见密集的大块浮冰,但越往北走,整体连片的海冰却越少,偶尔看见几块大海冰,不是冰层太薄,就是冰体酥松。此时,我们已经航行到北纬82度,但还是没有找到一块适合开展长期冰站作业的浮冰。

同时,连日来天空"阴沉",还不时飘起大雾和雪花,降雪覆盖了茫茫冰海,与灰色的天空连为一体,一片暗淡,也给"雪龙"号确定航线带来许多困难。

一天上午,万里晴空、阳光灿烂,我们迎来了北极难得一见的好天气。鉴于冰情较为复杂,科考队决定派"海豚"直升机前往探冰,这也是本次北极科考首次使用"海豚"直升机。

13时许,我们和直升机组人员一起把"海豚"直升机推出机库,停放在飞行甲板上。这次登机的人员除了2名飞行员,只有首席科学家助理雷瑞波和"雪龙"号三副邢豪。他们分别负责寻找大块浮冰和科考"雪龙"号破冰航线。

14时20分,"海豚"直升机起飞。螺旋桨旋转卷起的强大气流,令我们难以站稳。随后,直升机离开飞行甲板,升空北去。

半个小时后,"海豚"直升机带回一个好消息:在距"雪龙"号20海里外,有一块适合做长期冰站的大块浮冰,从飞机上看,冰块的大小、融池的数量、冰面的平整度等都符合要求。

科考队决定,以此作为长期冰站的地点,向着该冰块挺近。

8月8日凌晨2时,"雪龙"号抵达大冰块边缘,选择好进入冰面地点,开始破冰进入作业区。前进、倒车、再前进……"雪龙"号一次又一次地与浮冰顽强斗争,经过反复破冰,这条钢铁"巨龙"从冰块边缘向冰区里前进了几百米,稳稳地镶嵌在了大冰块中。

8时许,领队助理曹建军和首席科学家助理雷瑞波登上雪地摩托,带上用于测量海冰厚度的探冰工具,在"雪龙"号左舷的冰面上开始探冰。

安全是一切科考活动的前提。由于长期冰站作业时间长、科考项目多,最怕作业场地里有冰裂隙。一个不小心,科考队员就会被这些"冰老虎"吞噬。

为了探明作业区域里是否有"冰老虎",每次冰站作业前,都会让有经验的老队员在作业场地里探明海冰情况,在冰裂隙旁边设立警戒标志牌。同时,将科考队旗杆插在科考作业区边缘。科考队员不允许踏出划定的作业区和靠近警戒标志牌。

凿冰、打钻、插旗……这些工作并不复杂,但北极恶劣的自然环境和有限的机械设备,大大增加了工作难度和强度,探冰人员每走一步都要万分小心。驾驶台里,领队夏立民和首席科学家李院生目不转睛地盯着探冰人员,不时用对讲机沟通情况。

1个小时后,探冰人员安全返回"雪龙"号。经过探查,此次所选的浮冰面积大、硬度高,且融池和冰峤较少,是理想的长期冰站作业点。虽然在船左前方发现了1条小冰缝,但并不影响作业安全。

随后,根据科考项目的特点和作业性质,科考队将长期冰站作业划分为海冰物理及水文光学作业区、冰面气象作业区、生物化学作业区等,并将具体作业区块分配给各个作业组。

8月8日13时,紧张的长期冰站作业卸货工作就拉开了序幕。甲板上,橘红色的吊车在船员们的操作下犹如灵活的大手,把一个个沉重的装满科考设备的箱子搬运到船边雪地上;天空中,"海豚"直升机犹如一只不知疲倦的雄鹰,一次次从"雪龙"号飞行平台上腾空而起,将用于防熊的"苹果屋"和科考仪器调运到浮冰上。

越是紧张忙碌,越要确保安全。科考队采取严格上下船制度,队员下船必须提前一天提交作业申请表,交首席科学家审批。梯口值班人员根据名单核实,没有经过首席科学家批准,一律不准下船。

队员安装直升机机翼

直升机起飞探冰

按照计划，首先下船的是两名持枪的防熊队员，前往各自作业点站岗执勤，保护作业人员。随后，科考队员根据各自科考设备出舱情况依次下船，跑到冰面上搬运物品。

尽管任务繁重、时间紧迫，还要应对北极天气的"喜怒无常"，在冰天雪地里待的时间越长，防寒服、手套、雪地靴这些衣物的御寒作用就越小。这时，队员们身穿的橘色防寒服，仿佛跳跃在洁白冰面上的点点星火，象征着第7次赴北极科考队战胜恶劣自然环境的勇气和顺利完成科考任务的决心。

"海豚"展翅作业忙

北极特殊的自然环境,决定了北极科考是一场"海陆空"力量的接力,不仅需要远航万里的"雪龙"号和爬坡过坎的雪地车,直升机的支持更是必不可少。

此次北极科考中,"雪龙"号搭载了2架"海豚"SA365N型直升机,用于执行人员运输、货物吊挂、后勤保障和科研支持等各项任务。2架直升机共配备了8名机组人员,包括4名飞行员和4名机械师。

8月10日,随着"雪龙"号上空云开雾散,露出久违的阳光,一改前几天的阴沉、灰云低垂。按照计划,"海豚"直升机上午将进行应急救援演练,下午则要搭载科考队员寻找合适的海冰开展冰浮标布放作业。

8时55分,直升机应急救援演练正式开始。这也是中国北极科考队首次在极地开展直升机应急救援演练。

"报告'雪龙'船,有一名科考队员在长期冰站东南角冰面上作业时,突然发现海冰裂开脱离。"对讲机里,传来冰站作业安全负责人曹建军的声音。

接到报告后,机组立刻开始备航,打开机库门、放下防护网、推出直升机、安装旋翼、检查飞机状态。

9时16分,机务人员确认飞机处于适航状态,经"雪龙"号同意后起飞。伴随着螺旋桨卷起的强大气流,直升机稳稳地升空,奔赴事发地点。

10分钟后,"海豚"直升机抵达出事地点,并根据现场情况准备实施绞车救助。

随后,"海豚"直升机在距离冰面5米的高空中稳定悬停,绞车员身穿防寒服,被从直升机上吊运至被困人员身边,他协助被困科考队员穿戴好救生装备。两人一起返回直升机,开始返航。

9时38分,"海豚"直升机安全降落在"雪龙"号飞行甲板上,圆满完成救援任务。但是,机组人员的工作并没有结束,还要拆除旋翼,并为直升机加好应急油量。

除了应急救援,直升机在北极科考的另一项主要任务是搭载队员进行科考作业。

15时许,首席科学家助理雷瑞波登上"海豚"直升机,寻找合适的海冰开展冰浮标布放作业,我也随机一同前往。冰浮标的布放,是以"雪龙"号停船位置为中心,等距离四边形,在不同方位的浮冰上布放。但是由于海冰处于不断运动漂浮之中,虽然有GPS定位,最终的冰浮标布放地点则需要直升机根据浮冰情况择机选择。

随着"海豚"旋翼加速,直升机轻盈地飞离甲板。顷刻间,我们已然飘逸于海空之间。舱外,"雪龙"号、大海、云彩构成了一幅立体风景画,海面上漂浮的一块块浮冰则成了画面上最灵动的点缀。

突然，天边飘来一阵浓雾，霎时间天色突变，原本还是阳光明媚、蓝天白云，转眼间就变得雾气蒙蒙。"海豚"直升机被笼罩在雾气之中，天际线已经分不出哪里是天、哪里是海。

海雾历来是北极科考的"大敌"，直升机在大雾中飞行，即便有先进的导航技术，仍要百倍警惕。

随着"海豚"在浓雾中飞行，机舱内可以明显感觉到飞机的强烈震动。机长赵祥林全神贯注，握紧手中的驾驶杆，仔细观察并调整方位和高度，副驾驶华伟龙严密监控直升机的工作状态，并通过窗户和反光镜，不时提醒身边的机长。直升机大坡度转弯，机组人员跟没事似的，我的心却提到了嗓子眼儿。

经过10多分钟的海雾飞行，"海豚"终于冲出浓雾的包围。从空中俯瞰，北冰洋犹如一个"桑拿房"，到处雾气腾腾，大块浮冰仿佛浸泡在雾海中，蔚为壮观。

随着"海豚"一路飞行，北冰洋从"满腹心思"逐渐"敞开心扉"，海面上水道纵横、浮冰密集，无数支离破碎的海冰，漂浮在深黑色的海面上，其间布满了大大小小、造型各异的冰上融池，看上去犹如一幅巨大的天然画卷。融池的颜色深浅不一，淡蓝色是融化尚浅的融池，深蓝色是已经融化很深的融池，深黑色是已经融化透并与海水相连的融池，这些融池为直升机在冰上降落造成了很大困难。

"找到布放地点了！"机长赵祥林通过手势示意。在一望无际的海面上，一大块海冰影呈现在我们面前。建立下滑线、调整飞行速度,直升机对着目标海冰飞去。白茫茫的海冰向我们迎面扑来,给人以极强的压迫感。

直升机在海冰上准确着陆,雷瑞波立即打开舱门,快步跑到海冰上,挖出一个小雪坑,把冰浮标埋到雪坑中,又连忙跑回直升机,整个布放过程只用了短短5分钟时间。虽然浮冰上的雪面比较坚硬,但是他却十分警惕,因为融池在积雪覆盖下很难分辨出来,说不定走不了几步,就会一脚陷进去。如此这般,在一下午的时间里,"海豚"直升机共飞行了两个架次,布放了13个冰浮标。

雷瑞波告诉我:"该浮标设计寿命为2年,将随冰漂流并实时将气温、气压、漂流的经纬度等数据,通过卫星发回国内的接收器。"

直升机应急救援演练现场

雷瑞波布放冰浮标后返回直升机

考察队员在直升机内就位

大雾下的北极冰面

除了脚印,什么也不留下

8月15日,天气晴好,西北风五六级,涌浪在0.5米以下。按照计划,今天我们要开始撤离长期冰站,把科考设备、"苹果屋"等吊运回船。

撤站是有严格顺序的。首先是运输科考设备上船,其次是场地清理、回收垃圾。上午8时,我们吃过早饭,就按照事先安排,拆除设备、打包装箱。这时,"海豚"直升机吊挂着沉重的"苹果屋"和设备箱往返于"雪龙"号和长期冰站之间;雪地摩托拉着小雪橇不停地穿梭于各作业场地,运输物资和样品;船上的大吊车繁忙地将冰面上的仪器吊运至甲板。

此时,我们已经在长期冰站停泊8天了,说实话,马上就要离开,还真有点儿舍不得。这些天,我们每天都重复着"雪龙"号、长期冰站两点一线的生活。除了累,还有难以言尽的苦楚。刚到长期冰站时,冰面上只是覆盖了一层薄薄的积雪,冰上行走,并不吃力。但是伴随着近日的强降雪,我明显感到冰面上越来越冷、越来越难走,拉雪橇也越来越吃力。起初,我还以为是连续冰上作业,累了。后来才注意到,是冰面上的积雪越来越厚,增加了行进阻力。

直升机吊运"苹果屋"

　　长期冰站上,有许多融池覆盖在积雪下,很难发现,一脚踩空就会灌入雪水,甚至会掉入海中。作业时,我们必须穿上齐膝高的工作靴,但鞋密不透气,双脚奇痒难忍。再加上北极冰原,气候变幻无常,穿上"企鹅服"干活儿经常会汗流浃背。打开扣子透透气,没过一会儿,寒风或暴雪就劈头盖脸地砸下来,其中的苦楚,难以言表。

　　中午时分,随着最后一个"苹果屋"吊运回船,长期冰站撤站完成。趁着今天天气好,科考队决定大家一起拍"全家福",并在冰面上进行烧烤。

　　为了筹办烧烤,船上的厨师已经忙活好几天了,从布置场地,到准备食材,串好了肉串,想得很细致。虽然船上食品种类有限,但这种北极烧烤也是平常体验不到的一种风味。

撤站时,天空刮起了大风,"雪龙"号事务主任缪炜不时跑到气象室询问,担心筹备已久的烧烤取消,所幸下午风速转小,烧烤可以如期进行。

14时许,厨师班和帮厨的队员在冰面上摆好了桌子、烤炉、冷食、肉串。我们可以随意选取食品,自助烧烤。

因为人多炉少,每个烧烤炉前都围了不少队员。有的烤串、有的配料、有的照相,一时间,人头攒动,有说有笑,暂时打破了这片亘古冰原的寂静。

烧烤结束,领队夏立民一再叮嘱,要把所有垃圾带走,除了脚印,什么也不要留下。

队员在海冰上合影

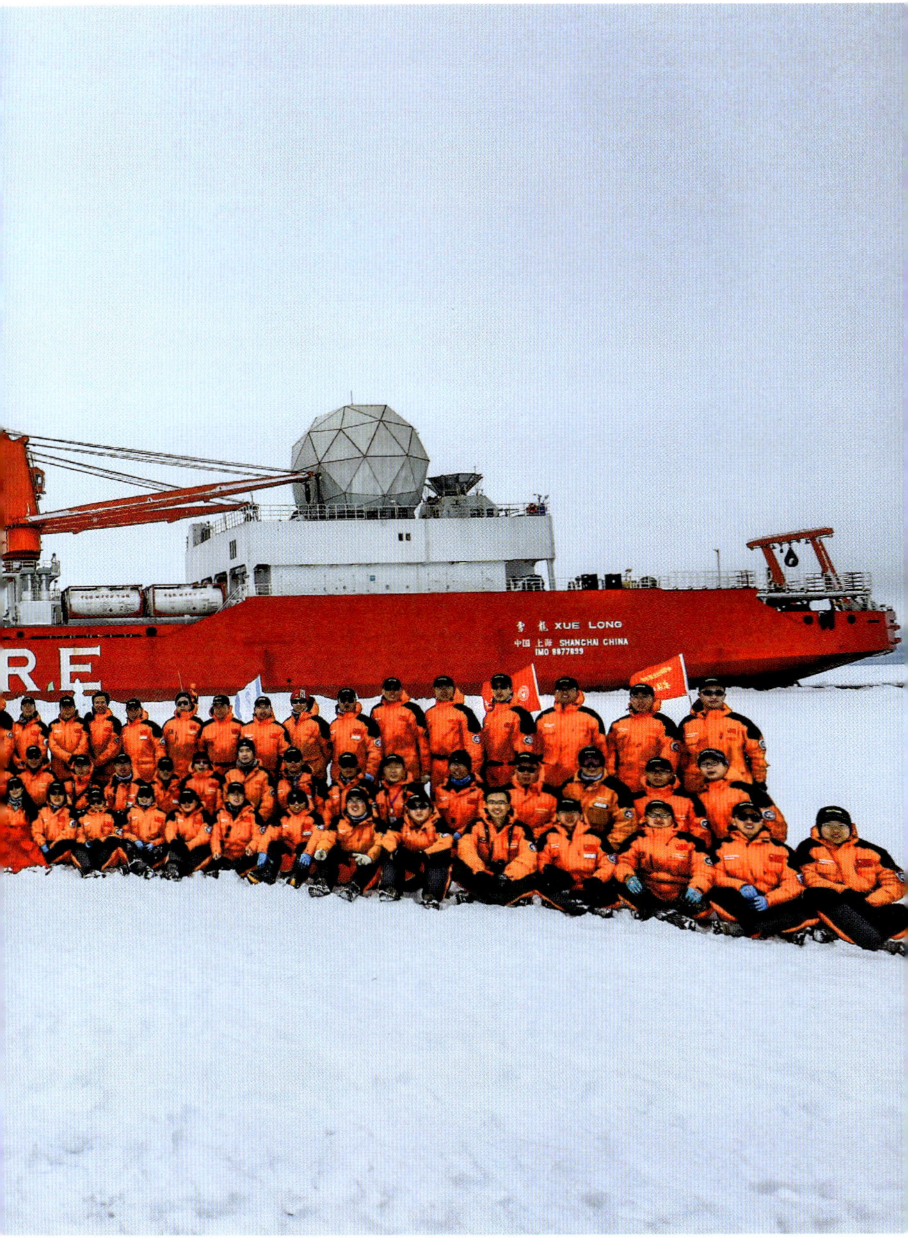
雪龙 XUE LONG
中国 上海 SHANGHAI CHINA

厨房准备的冰上烧烤食材

队员进行冰上烧烤

队员选择食物

队员在冰上嬉戏

走在北极海冰上

在冰站上采集雪样留念

唤醒酣睡的"糖葫芦"

8月27日清晨,北冰洋上,阳光明媚,蓝天白云映衬着湛蓝的海水,分外清澈,天边的阳光从云缝间倾泻而下,海面一片波光粼粼,犹如一块镶着金边的丝绸,美不胜收。

按照计划,我们将进行锚碇潜标回收作业。该锚碇潜标由8个玻璃浮球、一台沉积物捕获器、一个声学释放器和2500米缆绳组成,造型酷似"糖葫芦"。在中国第6次北极科考中,科考队在这片海域布放了这套锚碇潜标,队员们要在本次北极科考中回收该锚碇潜标并采集数据。

突然,天边飘来一阵浓雾,原本如洗的碧空,慢慢变得雾气朦胧。无边的雾气团团笼罩着"雪龙"号,让人不知身在何处,路在何方。天际线尽头,已分不清哪里是天、哪里是海。进入北冰洋以来,北极雾气之多、变化之快让我应接不暇,最低时能见度不足100米。

海面上的雾气越来越大、越来越浓,能见度不足几百米,为了保证安全,船长赵炎平在驾驶台举着望远镜,眼睛紧盯着周围的海域,判断海风的强度和风向,船员时刻关注着电子海图和雷达显示屏的变化。整整一上午,"雪龙"号只能低速航行,在冰海浓雾中摸索着前进。

"北极的天气说变就变,有时甚至是一天几变,让人难以捉摸。"随船气象预报员孙虎林告诉我,在北冰洋,海雾很常见,海雾形成和消散速度非常快,小区域特征非常明显,虽然现在浓雾弥漫,但有可能过一会儿就会云消雾散。

果不其然,中午时分,一直阴沉着"脸"的北冰洋慢慢敞开心扉,"开心"地露出灿烂阳光,浓雾这位"不速之客"说走就走,灿烂的阳光重新洒在海面上,波光粼粼。科考队决定按照计划继续进行回收锚碇潜标作业。

14时30分,锚碇潜标布放项目负责人庄燕培在驾驶台通过对讲机,指挥队友操作声学释放器甲板单元,测量船与潜标的距离,并发出上浮指令。

庄燕培介绍说:"甲板单元是回收潜标的'钥匙',通过它可以发出指令,使'沉睡'在海底的潜标上浮。"

40分钟过去了,原本锚碇潜标应该已经浮出水面了,可是不知什么原因,海面上却一直找不到锚碇潜标的身影。我也放下相机帮助寻找。

为了寻找潜标,许多休息的队员也来到了驾驶台,有的持着无线电信号接收器,围着驾驶台转圈;有的人拿起望远镜向海面四处瞭望……在茫茫大海上,锚碇潜标实在太过渺小,如同大海捞针一般,要想找到谈何容易。

时间一点一滴过去,驾驶室里的气氛也逐渐紧张起来,有的人因长时间在海面上瞭望,双眼被阳光晃得不断流泪。

队员协力寻找潜标

"快看，那是不是潜标？"

突然，赵炎平拿着望远镜兴奋地喊道。大家随着他手指的方向望去，在船头的右前方，隐约地看到4个红色玻璃浮球。

"没错，是潜标！"

"雪龙"号低速航行，小心翼翼地向潜标靠拢。

还没等到锚碇潜标靠拢"雪龙"号，水手许浩就已经穿好防寒服，带上铁钩和缆绳，在吊笼里提前就位，准备用钩子和绳子钩住潜标，把潜标回收到船上。

随着锚碇潜标距离"雪龙"号越来越近，红色的大吊车在船员的操纵下"轻舒猿臂"，将舱盖上的吊笼吊起向船舷外移动，十几名科考队员紧紧控制住系在吊笼上的止荡绳，尽量使吊笼在海上不会东摇西摆，影响作业。

突然，海上风云突变，海浪越来越高，水流越来越急，船体不断摇摆，许浩在左右摇摆的吊笼里两次甩钩，都没有钩上潜标。在海浪和大风的作业下，潜标向后甲板快速漂走。

追击！我们快步跑到后甲板，瞄准潜标，抛出铁钩和缆绳。就在海浪要把潜标带远的关键时刻，队员孔彬完成了钩取。强大的海水回流将潜标一次又一次地推开，几番搏斗之后，队员们还是把锚碇潜标拽到了船舷边。

随后，科考队员开始利用绞车慢慢地回收潜标，2000米、1000米、500米……随着潜标回收到甲板的部件越来越多，凛冽的海风也越刮越狠，气温越来越低，海雾在大风的带动下又重新笼罩了"雪龙"号周边海域，冻得我们不停地打战。

天气寒冷，但领队助理曹建军却口干舌燥、浑身冒汗，一边指挥队员操作绞车吊起潜标，一边和队员齐心协力拖拽缆绳。经过4个多小时的奋战，锚碇潜标全部回收到甲板上。望着锚碇潜标上科考仪器里捕获的珍贵样品，我们欣慰地笑了。

队员协力回收潜标作业

"遛狗"识冰认雪

在北极,我对科考项目的"高大上"深有感触。有一次,与队友交流科考项目,他跟我讲他认为很简单的原理和技术,而我却一句也听不懂。

"能不能讲得通俗一点,举几个例子?"

"呃,这个……"考虑到科研项目的严谨性,他很难把复杂的东西讲得简单,比画了半天,我仍然"云里雾里"。

这样的事情,我遭遇了多次。一个队友说:"我们天天搞科研,就是没你们记者语言丰富。"但这对于我来讲,科考项目自己都没搞懂,写的稿件能有几个人看得明白,更别说把科考故事讲好了。

从此,我成了队员们的"小徒弟",一起到食堂吃饭,一起在甲板上散步,一起在冰面上作业,争取把复杂的作业项目吃准嚼烂,把不容易懂的项目讲得明白,让稿子更加"接地气"。

8月19日清晨,灰蒙蒙的云层里透出一抹亮光,来自中国海洋大学的队员曹勇和王明峰就出发去北极海冰上"遛狗",我也随行前往。

所谓"遛狗"是指利用海冰探地雷达进行测量。由于雷达外形小巧可爱，通体黄色，被我们戏称为"小黄狗"。"小黄狗"作业时需要在雪地上拖行，就像是在海冰上"遛狗"一样。

冰站作业期间，曹勇和王明峰根据冰站现场情况，在海冰上划出一个几十平方米大小的区域，以5米为间隔，使用"小黄狗"测量海冰和积雪的厚度。

曹勇介绍说，该海冰探地雷达是目前世界上功能最强大和配置最灵活的地质雷达系统之一，可用于考古、基岩深度、浅层地质勘测、冰川、潜水面、冰雪厚度、地下不同深度埋设物等的探测。

由于雷达天线的不同，海冰探地雷达探测的深度和精度有所区别。此次北极科考，我们使用了2种天线，分别对长期冰站和短期冰站的积雪和海冰厚度进行了测量。

在全球变暖的背景下，北冰洋海冰快速减退，而引起海冰减退的主要因素为动力学因素和热力学因素。其中，热力学因素包括太阳辐射的直接加热、海洋暖平流对冰底的融化、太阳辐射加热表层海水导致的海冰侧向融化等多个方面。

曹勇解释说："利用海冰探地雷达的网格化测量，可以为定量估算海冰对太阳辐射的吸收作用提供必要的数据支持，这对于研究全球气候变化和北极海冰快速减退具有重要意义。"

虽然是第一次参加北极科考，但是曹勇对极地并不陌生。她从2005年开始，从事极地上层海洋海水结构研究，是本次北极科考队中为数不多的女队员之一。

"以前在国内总是在学校里搞科研，没有参加过北极科考队，对北极并没有特别的感受。"在曹勇看来,此次北极之行感触最深的就是现场作业不容易。

"就拿'遛狗'来说,看似简单,使用雷达时必须把采集器紧贴雪面,这对队员配合的默契度要求很高,不能光动手,眼睛、脚都要跟上。"

每次"遛狗"时,在崎岖不平的海冰上,曹勇都是拽着"小黄狗"在前面引路,不时弯下身子,查看设备是否紧贴雪面。王明峰紧跟在后面,抱着控制器,实时测量海冰冰下地形地貌数据。从早饭过后一直到中午,两个人就这样一直在海冰上"溜达"。等到完成作业后,曹勇又要俯下身子,检查数据质量,之后又拿出小本子,记下作业内容。

在此次北极科考中,曹勇和王明峰共使用海冰探地雷达进行了7次测量作业。每走一趟的艰辛和劳累,都俨然是一场意志的考验与比拼:肩负几十公斤重的设备,沿着划定的路线,深一脚浅一脚向前慢慢挪动,腿累得不住打战,肩膀像被灼伤一样火辣辣地疼,汗水浸透了衣裤,双脚被湿透的靴子冻得麻木……尽管王明峰替曹勇分担了不少工作,但她还是觉得背囊重如千斤,身体单薄的她经常是累得气喘吁吁。

身处北极茫茫海冰上,队友间的相互协助让曹勇倍感温暖。她说,由于雷达由许多小部件组成,每次作业都要重新安装,王明峰为了方便工作,时常摘下手套组装设备并对雷达进行参数设置。等到全部准备就绪,王明峰已经是冻得脸色发白。

"这不算啥。"说到这儿,王明峰笑着摆了摆手。这个1993年出生的大男孩，一米八的大个子，浓眉大眼，笑起来比偶像剧里的男主角还阳光。

除了繁重的科考作业，北极恶劣的自然环境也给科考作业带来许多困难。对队员们来说，作业最艰苦的就是遇上冰站上刮大风，由于海冰上没有遮挡，即便穿上了厚厚的防寒服，没过多一会儿也会被吹透，全身冰冷刺骨。

在冰站作业中，曹勇总结出一个保暖的方法，那就是干活。"冰站作业时不能让自己闲下来，要一直干活儿，只要有活儿干就能出汗，这样身体就会暖和，就不怕冷了。"几个冰站作业下来，她瘦了三四斤。我有时在冰上遇到曹勇，劝她休息一下，她却说，虽然工作很累，但这样能把时间填满。来一次北极不容易，不想留下遗憾。

曹勇（右）和队友调试设备

海冰探地雷达测量

透过融池探北极

这段时间,"雪龙"号时而在茫茫浮冰区破冰航行,时而在稀疏的浮冰地带来回穿梭,经常可见大小不一的冰上融池泛着蓝色的光,傲立于浮冰之上。

我们进入北极圈时,正值北冰洋的盛夏,极昼炽烈的阳光照耀在广袤的北冰洋上,海冰和表层积雪迅速消融,洁白的浮冰上形成了许多冰上融池。

融池的颜色深浅不一,造型各异。有的融池是淡蓝色,有的是墨绿色,有的融池位于两块海冰的交界处,更多的融池却是位于海冰的凹陷处。在航行过程中,拍摄这些美丽的、充满艺术造型的冰上融池,给队员单调的航行生活增添了很多乐趣。

一般而言,北冰洋融池有2种形态,可通过颜色辨别。深蓝色开口的融池底部直接与表层海水连接,具有较高盐度;亮蓝色闭合的融池底部则与表层海水隔离,由于雪融水盐度较低,具有典型的淡水特征。

"北极是全球对于气候变化最敏感的地区,也是海洋酸化最严重的地区。作为夏季北冰洋海冰重要的特征之一,研究北极融池对于研究全球海洋酸化具有重要意义。"在冰站作业时,队员祁第通过半自动采水系统，采集了水文站位剖面、冰下水二氧化碳体系参数的样品，并利用海洋环境多参数分析仪，现场分析温度和盐度。

据介绍，海洋酸化问题会给海洋生物的生存带来极大的威胁，影响人类的生活和居住环境。由于北冰洋融池具有较低的二氧化碳分压值，可以快速吸收大气中的二氧化碳。二氧化碳具有酸性特征，融池吸收大量二氧化碳后，其酸碱度将快速下降。当海冰完全融化后，融池中的酸性淡水进入偏碱性的表层海水，不仅会导致表层海水盐度下降，也会引起表层海水酸化加剧。

根据研究表明，近年来，夏季的北冰洋融池占全部海冰面积的40%—80%。随着全球气候变化，北冰洋海冰快速融化，融池数量也在同步增加。但是，当前各国科研人员对北冰洋融池的研究还处于起步阶段，特别是加强融池吸收二氧化碳、酸性融池水对北冰洋海洋酸化的影响等方面的研究，已经越来越迫切。

祁第告诉我，加强对融池、海冰和冰下水二氧化碳相关化学参数的观测，不仅有助于更好地估算北冰洋融池二氧化碳吸收通量，还可以为全面评估北冰洋海洋酸化提供重要数据。没想到，这些美丽的融池，并不是只负责美丽，还与气候变化研究紧密相关。

北极融池

在船头拍摄融池照片

北极爸爸

思念是什么？千百个人也许会有千百种回答。在"雪龙"号上，"思念是娇妻爱子期待团聚的目光"，"思念是虽只有只言片语，却给予你战胜风浪的坚强"。

在第7次赴北极科考队中，有不少人在妻子怀孕时无法陪伴左右，无法亲眼见证孩子出生。在船上，这些在北极科考过程中升级成爸爸的人被称为"北极爸爸"。

船员张方根就是"北极爸爸"当中的一员。一天，我们在房间里聊天，他幸福地向我展示手机里女儿的照片："今年7月17日出生的，小名叫作盼盼，因为她是我和妻子盼望已久的小宝贝。"

从上海出发时，张方根的妻子已经接近预产期了。带着深深的牵挂，准爸爸踏上了北极征程。刚接到北极科考任务时，张方根心里非常矛盾，最后还是家人的支持，坚定了他的决心。

"船员的工作就是船走人就走，经常是身不由己。"张方根说，"出发时，我也很舍不得妻子和即将出生的孩子，幸好家人很理解，对我的工作非常支持。"

在北极科考过程中，由于通信不便，张方根主要依靠船上的"海信通"软件与妻子联系。但是随着"雪龙"号航行的纬度越来越高,"海信通"的信号也时好时坏,所以一有机会,他就打卫星电话与妻子通话,有说不完的嘱咐和思念。

张方根清楚地记得,7月17日当得知妻子临产时的紧张与激动。"中午时我给家里打电话询问,母亲告诉我,妻子早上6点多进的产房,女儿8点多顺利降生。听到母女平安时,我高兴极了,心里的一块大石头总算落地了。"得知女儿出生第二天,张方根在大厨的帮助下,按照家乡风俗制作了红红的"喜蛋",与我们分享自己初为人父的喜悦。

"在我和妻子结婚的6年里,我参加了5次南极科考,陪伴家人的时间非常少。这次北极科考完成后,再过1个多月又要参加南极科考,心里真的很愧疚。"张方根告诉我,船停靠上海后,第一件事就是要跑回家中陪伴妻子和孩子。

"现在妻子时常给我发一些女儿的照片,孩子真是一天一个样,变化越来越大,我真想回去后亲手抱抱她。"每当想到与家人团聚的情景,张方根就会情不自禁地洋溢着幸福的笑容。

除了张方根,"雪龙"号上还有一位与孩子尚未谋面的"北极爸爸",他就是"雪龙"号机工丁佳伟。

7月28日儿子出生时,丁佳伟正在机舱里值班,同事通知他,他家里打电话来,妻子的预产期提前了,已经进入产房了。听到这个消息后,丁佳伟顿时六神无主,连忙往家里打电话。"当我在电话中听到母亲告诉我,母子平安,妻子剖腹产生了一个8斤半的大胖小子,我别提有多高兴了,但是转念一想,又为妻子心疼。"

张方根展示女儿照片

丁佳伟家住在上海，妻子是外地人。每当想起妻子背井离乡在上海等待他回国团聚，缺少亲人的陪伴，也缺少朋友的鼓励，只能靠与远在极地的爱人发短信和写邮件消解孤独和寂寞，丁佳伟的心就会隐隐作痛。

虽然只有29岁，但是丁佳伟已经参加了4次南、北极科考。"我一直觉得亏欠妻子，在她怀孕前3个月妊娠反应最难受的时候，我在南极，在儿子出生的时候，我在北极，我最受不了的就是想妻子，却尽不到丈夫的责任。"每每念及妻子，丁佳伟心里都抱有深深的愧疚。

怀着对妻子的歉疚和感激，每次极地科考回国，丁佳伟都会为她买上一堆好吃的、好玩的、好用的。心灵手巧的他还在船上就地取材，用采集的海螺、贝壳、海星等材料为妻子制作工艺品。也许这些来自极地的特别礼物能帮这位"北极爸爸"弥补一点对妻儿的歉疚。

"妻子会经常通过海信通软件给我发孩子的照片，但是我告诉她，我不仅想看孩子的照片，更想看你现在的样子，因为孩子在上海有奶奶疼、有妈妈疼，而你在上海只有我最心疼。"丁佳伟说，关于孩子的名字，他已经和妻子商量好了，叫作丁一杨。"因为我的妻子姓杨，这个名字寓意一生一世只爱妻子。"年轻的父亲解释说。

极光,幸好遇见你

9月4日,我们完成了北冰洋区域内的全部科考任务,乘坐"雪龙"号驶出北极圈。在北冰洋期间,我们曾到达北纬82度52分、西经159度附近海域,这也是本航次到达的最北地理位置。

随着船一路向南航行,深灰色的海面上成群的鲸鱼时隐时现,结队"相送"。不过,这些鲸鱼有些"害羞",最多只是露出背和尾巴。与鲸鱼相比,海象倒是很"大方"。一次,我在驾驶台看到3只海象从船边游过,不时回头张望,对我们这些踏上回国之旅的"客人"很是好奇。

来北极之前,我有3个愿望:到北极、看北极熊、拍极光。登船伊始,第一个愿望就已经实现一半了,但后两者,还真的需要运气。所幸我运气不错,3个愿望都实现了。

在北极的生灵中,北极熊是最具代表性的动物。千万年来,它们生活在这片冰雪大陆之上,是北极真正的主人。

到了北极如果没有目睹北极熊的风采,岂不令人感到遗憾。"雪龙"号进入北极圈时正值北极夏季,是北极熊觅食发情季。在北极科考中,冰站作业区域是北极熊捕食区,这对科考队员的安全造成潜在威胁。在北极科考期间,科考队制定了详细的防熊预案，携带了坚硬牢固的"苹果屋"，成立防熊武装队等。

在"雪龙"号进入浮冰区的第一天，我就见到了北极熊。当时，我刚吃完晚饭在甲板上散步。

"在'雪龙'左前方发现北极熊！"突然，听到了驾驶台值班船员的广播声。一时间，驾驶台内外、各层甲板上，全都站满了队员，纷纷拿起手机、相机拍照。

我从甲板上望去，在"雪龙"号左前方几百米的地方，一只北极熊正在浮冰上吃海豹。突然看到"雪龙"号破冰而来，北极熊顾不上食物，吓得连忙跳入海水中，一片被鲜血染红的冰面十分醒目。逃跑过程中，还不时回头恋恋不舍地看着遗留在冰面的食物。

这次遇到的北极熊并不高大。一般来说，成年北极熊身高可达3米、体重达800公斤。不过，北极熊体态呈流线型，身手敏捷，一口气可游四五十公里，在陆地上捕食猎物时的冲刺时速可达60公里，一步跳跃距离可达5米以上。

为了防熊，每次冰站作业时，科考队都会派遣防熊队员负责瞭望警戒，如果发现熊要第一时间通知"雪龙"号，掩护作业人员撤离到"苹果屋"或"雪龙"号。防熊队员每天分为两组，每组两至三人，按照作业区大小，在作业区最远处进行警戒。每名防熊队员都会配发枪支、对讲机和望远镜。

不知是"雪龙"号航行的纬度太高，还是队上的防熊措施太过严密，在6个短期冰站和一个长期冰站科考中，一只北极熊也没看到。在整个科考过程中，也是仅看到过2只北极熊。

相较于北极熊的难得一见,极光倒是很给"面子"。

极光是由于太阳带电粒子流进入地球磁场,在高磁纬地区的高空,夜间出现的一种灿烂美丽的发光现象。极光常见于南、北极地区,一般呈带状、弧状、幕状和放射状,这些形状有时稳定、有时连续变化,犹如一场场绚丽的"焰火盛会",让人赏心悦目、身心放松。

9月3日,"雪龙"号航行在茫茫大海上,天空一扫往日阴霾,太阳露出难得的笑脸。海上阳光明媚,蓝天白云映衬着湛蓝的海水,分外干净。傍晚时分,正在驾驶台值班的见习三副翟羽丰突然发现在"雪龙"号前方的海平面上方惊现一道美丽的极光。

得知消息后,我赶紧走到甲板上,一边欣赏,一边用相机定格绚丽景致。在"雪龙"号的上空,群星闪烁,天空中飘洒出一缕浅绿色的神奇光带,如烟似雾,摇曳不定。又过一会儿,极光的亮度越来越强,化成一个硕大无比的光环,萦绕在北斗星周围,宛如皓月当空,向大海泻下一片绿色的光华。天空中不仅有一道绿色的极光,在这条极光的旁边,还有一道道极光正逐渐由绿变红,非常绚丽。

随后几天,"雪龙"号接连遇到极光。极光有时像仙女手中飘舞的长长的彩色飘带,快速变化,转瞬即逝;有时像天边一缕淡淡的烟霭,弥散在广袤的银河中;有时像漫天光箭从天而降,触手可及;有时像正在喷发的火山,蘑菇云腾空而起,令人叹为观止。

此刻,"雪龙"号已近北纬66度,即将穿越北极圈返回祖国,就连领队夏立民都不禁感叹:"中国历次北极科考都是在北极的夏季,24小时极昼,极光是非常罕见的,真没想到会在这里看到这么多次北极光。"

用于防熊的"苹果屋"

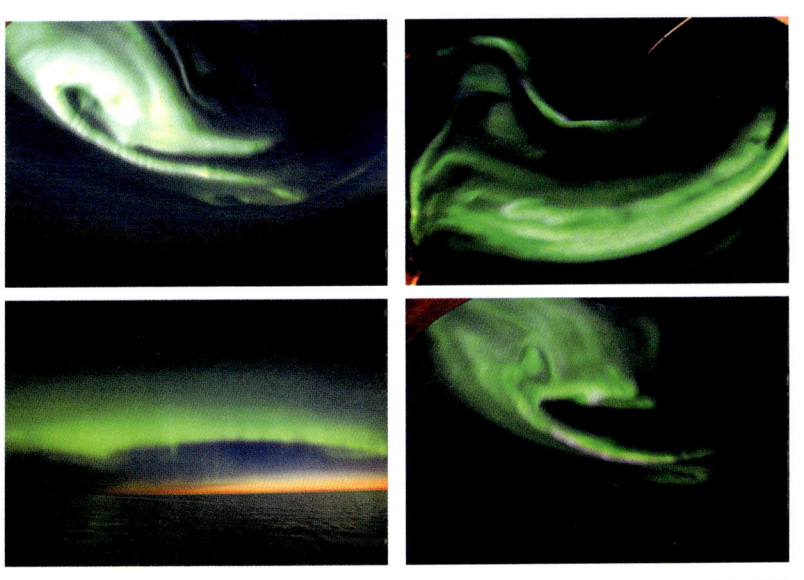

极光笼罩

航行中偶遇鲸鱼

在极光下留影

西风带的"坏脾气"

刚刚过去的一周,是名副其实"大起大落"的一周。"雪龙"号从踏上返程,到穿越西风带经受狂风巨浪的考验,可谓跌宕起伏。

西风带位于南北纬40—60度之间,从副热带高气压向副极地低气压散发出来的气流在地球自转偏向力的作用下偏转成西风(北半球为西南风,南半球为西北风),因此被称为西风带。由于"雪龙"号北极航行路线上,周边有许多岛屿,极大地缓解了大风的强度。一般来讲,相较于南半球的西风带,北半球西风带会"温柔"很多。

9月12—13日,"雪龙"号在返航途中,遇到北半球西风带强气旋的袭击,海上刮起了八九级大风,风雨交加,深灰色的海面上泛起了连绵不断的涌浪,如排山倒海般向"雪龙"号扑来,激起了巨大的浪花。在"雪龙"号的探照灯下,可以清楚地看到疾驰而来的水珠拍打在栏杆上,甲板上的积水随着船体的左右摇摆而四处流淌。

船上的气氛开始紧张起来,领队、首席科学家、船长、气象预报员等进行了会商,根据气象预报的前方气旋移动情况和发展趋势，决定快速向西北方向航行，"插"到涌浪相对较小的勘察加半岛西侧行驶，然后跟随在强气旋后部向南航行。

"虽然北半球西风带受周边陆地影响，不是呈现连续的带状，但是这个气旋来势汹汹，从鄂霍次克海东移，进入北太平洋，并迅速发展加强。附近最大风力达到10—11级，浪高达7—8米。"随船气象预报员孙虎林告诉我，随着强气旋东移，逐渐转为受高压脊影响，风浪将逐渐减弱。

"雪龙"号行驶在强气旋西侧的勘察加半岛沿岸，气旋产生的北到西北风属于离岸风，大风只会产生波长和周期较短的风浪，而不会产生波长较长的涌浪，再加上大风的风向与之前长涌的方向不同，会相互产生一定抵消作用，从而使得船身不会产生较大摇摆幅度。

虽然确定了航线，但是气旋运动的轨迹依然存在变数，因此随船气象预报员孙虎林、秦听经常要接收最新的气象数值预报图，进行整理排序和对比分析。船长赵炎平根据气象数据，综合考虑风速风向，涌浪的大小、方向、波长等，制定航线。每天晚上6点半，领队、首席科学家、船长和气象预报员都会对航线进行分析和讨论。

9月13日夜间，考验来临了。"雪龙"号遭遇了此行最大风浪——阵风达到9级，浪高达4米左右。驾驶台里，赵炎平紧紧地盯着深灰色的海面和驾驶台雷达，指挥水手小心翼翼地驾驶"雪龙"号在剧烈的颠簸中艰难前行。

当然，晕船体验必不可免。摆放在房间里的物品一片狼藉，

气象预报会商

走到楼道里经常可以听见物品噼里啪啦掉落的声音。

我躺在房间里,透过舷窗可以看见海平面随着船身摇摆时隐时现,人在床上也如"烙煎饼"翻来滚去,走路基本都是"画出S曲线",如同踩在棉花上。

这几天,船上的电梯停掉了,所有水密门紧闭。机舱里,轮机部的船员高度警惕,时常巡视仪器设备,确保船上主机、副机等所有机器正常运转。

对于晕船的痛苦,早年穿越南半球西风带时的南极科考队员曾总结出这么一个形象的"十字诀":"一言不发,双目无神,三餐不食,四肢无力,五脏翻腾,六神无主,七上八下,久卧不起,十分难受。"

9月14日下午,"雪龙"号行至勘察加半岛南部,风浪逐渐转小,许多这两天饱受晕船之苦的"晕民"也稍微缓过神来,来到食堂吃饭了,这也意味着"雪龙"号经受住了大风浪的考验,距离祖国越来越近了。

泡沫杯变形记

9月16日,连日来总是"阴沉着脸"的大海,终于云开雾散,露出久违的阳光。一望无际的湛蓝色海面上,风平浪静,白云朵朵,令人心旷神怡。随着"雪龙"号一路向南,天气也越来越热,许多队员都逐渐脱下了厚厚的冬衣,穿起了短袖。

今天,"雪龙"号停泊在北太平洋上,将进行清洗钢缆作业。作为一艘专业的极地科学考察船,"雪龙"号上安装了许多绞车配合科考作业。例如,在舯部左舷甲板设置了水文生物绞车,可进行水文生物科考;在舯部右舷甲板有CTD绞车,能起吊36瓶12升采水器;在船艉设置了地质绞车,可进行海洋地质科考。

在此次北极科考期间,这些绞车拖拽着CTD、底栖生物拖网等科考设备穿梭于北冰洋,绞车的钢缆沉入海中后,海水的盐分滞留在钢缆表面,时间长了会产生腐蚀,严重影响科考设备安全。因此,在极地科考返航途中,"雪龙"号都会对绞车钢缆进行冲洗,然后用毛巾擦干,最后卷在绞车上,确保绞车运行安全。

上午8点多钟,我吃过早饭,就随着"雪龙"号实验室主任袁东方来到水文生物绞车边,进行清洗钢缆作业。队员们将钢缆与几个上百斤的铁块连接在一起,然后启动绞车把钢缆沉入海水中，抵达4000多米的水深后再提升上来。

袁东方介绍说，此次北极科考，绞车钢缆下沉海水中的最大深度在4000米左右，加上风浪作用钢缆随着海水不断漂移，使用钢缆的长度远远大于4000米，所以清洗钢缆必须选择水深大于4000米的海域。这次选择清洗钢缆的海域深度就在5000米左右。

随着绞车慢慢回收钢缆，一名船员拿起水枪用淡水冲洗钢缆，清除滞留在钢缆上的海水盐分，另一名队员再用毛巾将钢缆上的水渍擦掉，最后整整齐齐地卷在绞车上。由于要清洗的钢缆有两根，为了防止彼此干扰，清洗作业都是逐个进行，所以整个清洗钢缆作业用了半天的时间。

在清洗钢缆前，我们特意准备了一些泡沫塑料杯。由于钢缆要沉入海中4000多米，这些泡沫塑料杯可以用网兜搭载在钢缆上，沉入大海，从而被压缩变形。

众所周知，海水的压力是由海水的重力产生的。一般来说，从海面往下水深每增加10米，海水压力就会增加1个大气压。例如在1000米水深处，压力就增加了100个大气压。在这种压力下，海水就能将物品的体积压缩一半。

在之前的科考中，队员朱晶就把自己手绘的标有北极地图和"第七次北极科考"字样的泡沫塑料杯，搭载着采水器下沉到4000多米的水深处，压成了不规则的四边形。浓缩后的杯子，密度更大，样子也更小巧，让我们很羡慕。

这次清洗钢缆我们有了在本次北极科考最后的压缩泡沫塑料杯的机会，许多人都做好了准备，在杯子上写上祝福语，将其绑

海上日落

航行途中拍摄的海岛

在钢缆上下沉到海中。经过深海高压后的泡沫塑料杯，都发生了变形变小，非常有趣，许多队员把压缩后的杯子珍藏起来，作为特殊的礼物留作纪念。

回到"人间"

9月25日,夜幕笼罩下的大海,涛声盈耳。"雪龙"号静静地停靠在上海锚地,等待靠港。锚地附近停泊着许多货轮,让"孤独"了好一段时间的"雪龙"号有了"朋友"的陪伴。

在"雪龙"号上的最后一夜,注定难以入眠。望着彼岸的灯火,让我联想到家的温馨。灯火处,是上海,是"雪龙"号的家。明天,我将从这里上岸,结束北极科考生活,回到"人间"。

回首北极,忙碌而充实,简单而纯粹。78个日夜、1.3万海里同舟,我们与狂风、严寒、浪涌、浮冰搏斗,完成了84个海洋综合站位作业和7个冰站作业。如今,从北极回来,那段风雪时光恍如隔世,让人陷入沉思。

"为什么选择北极?"这是我决定报名参加北极科考前很多人问我的话。其实,在我参加南极科考时,就被南极的美景所震撼。从那时起,走遍南北极的想法,就开始在心中挥之不去。

北极风光让我流连忘返。我们进入浮冰区时,白色的浮冰区与深灰色的清水区相互交融,一条白色的天际线,延伸到无穷远,在极昼的阳光下,熠熠生辉。横跨天际、曼妙多姿的北极光出现时,总会让我联想到王勃写的《滕王阁序》:"天高地迥,觉宇宙之无穷。"

但是，选择北极只因为绮丽的风光吗？

北极生活是充满危险的。队友沈辉给我讲过一个与融池擦肩而过的故事。

我们进入浮冰区时正值北极盛夏，北极海冰夏季快速消融，浮冰上形成了许多冰上融池。有些融池被掩盖在浮雪之下，表面与一般冰面无异，仅靠肉眼无法辨别。

一次，沈辉乘坐"黄河"艇在短期冰站开展科考作业。中午时分，在完成第一个作业项目后，沈辉收拾工具准备进行下一个作业。

沈辉刚刚跨过一个大冰脊，还没走几步，就突然感觉到脚下一空，身体顷刻间陷入融池当中。幸好他眼疾手快，张开双臂撑在了冰面上，努力把上半身探出冰面，大声呼救。听到呼救声，正在附近作业的队友雷瑞波、孙晓宇、张通顾不上危险，立刻上前。

"小心！这附近是融池。"沈辉看到孙晓宇、张通赶来的路线正是他刚走过的，连忙提醒队友。这时他们只能停下脚步。庆幸的是雷瑞波从另一个方向绕到沈辉身后，将他从融池中一把拉了出来。从融池出来后，沈辉被队友送到"黄河"艇休息，此刻裤子、鞋子早已经被海水浸透了，队友们纷纷把自己的衣物脱下来，裹在他身上。

"在冰雪北极，因为有他们，我的心里很温暖。"每当谈起这件事，沈辉的感激之情都溢于言表。

那次聊天，我仿佛找到了答案。

其实，对我而言，北极留下的最深刻印象，早已不是风光，而是我们在共同面对滔天巨浪时结下的队友情谊，是在生死与共环境下，毫无条件的互助与友爱。相信每一个参加过南北极科考的人，都会收获这样珍贵的友情，这才是人生最大的财富。

前段时间过中秋节，我们还收到了许多国内相关单位的慰问电，在这些慰问电里，劈波斩浪、战风斗雪、默默坚守是赞扬科考队员们最常见的词汇。在这些慰问电中，我读懂了，虽然远在风雪北极，但是在家国故里，有许多人在关注"雪龙"号，在深情思念我们。"雪龙"号并不孤单，我们并不孤单……

"黄河"艇返回"雪龙"号

外国科研人员离船

北极大学毕业典礼

队员下船

热烈欢迎中国第7次北极科学考察队凯旋

"雪龙"号靠港

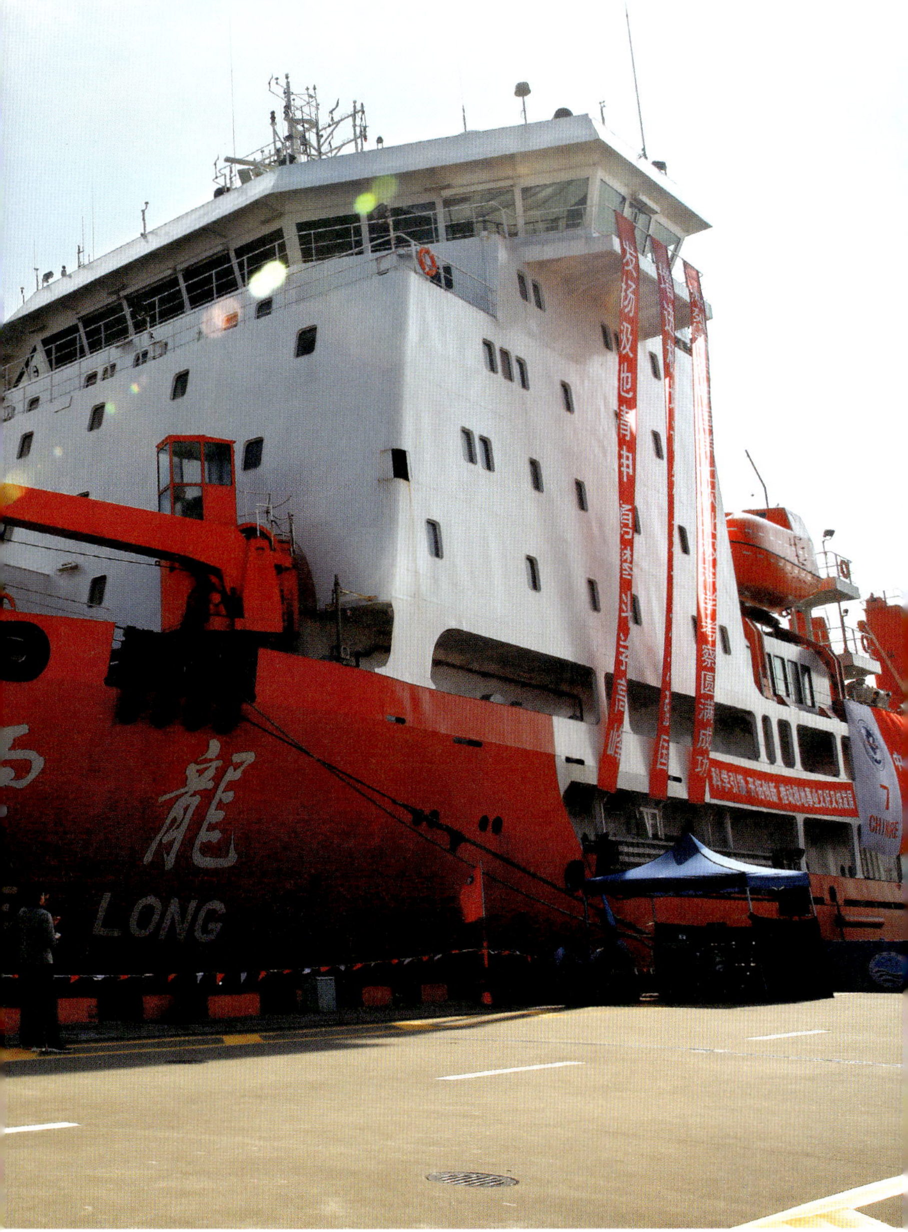
龍
LONG

深海篇

向深海洋底进发

2017年4月22日,海南三亚锚地。上午8时,潜航员傅文韬等进入舱内,开始进行舱内检查。

"甲板准备完毕""潜水器准备完毕""水面支持系统准备完毕"……9时,"蛟龙"号潜水器随着轨道车缓缓滑行,在A形架下方停住。

一名工作人员迅速爬上潜水器,将主吊缆与潜水器连接,A形架下吊臂的4个导接头随之与潜水器紧紧吸在一起,稳稳地固定住舱体。

固定好潜水器后,吊臂缓缓伸长,将其放入水中。同时,两名蛙人驾驶小艇游弋在潜水器周围。15分钟后,吊缆再次将潜水器拉起,放回原位。

这是中国"蛟龙"号载人潜水器进行下潜演练的一幕。此时,我身在船上,感慨万千。几天前,我在三亚登上"向阳红09"船,将随着"蛟龙"号去执行中国大洋第38航次科考任务。

南极、北极、青藏高原被称为世界三大极点。几百年来,一代又一代探险勇士爬冰卧雪,挑战极限,在人类探索地球奥秘中不断取得新进展。然而,世界上还有一个"第四极"罕有人涉足——马里亚纳海沟。它的深度超过珠穆朗玛峰的海拔,是地球上最深之地。

马里亚纳海沟水温仅有 2 摄氏度,水压高达上千个大气压,深潜器需要承受巨大压力,相当于 30 头大象站在一个成年人的手掌上。

人类对于马里亚纳海沟的正式探测,始于 20 世纪 50 年代。1951 年,英国皇家海军"挑战者"号首次测量海沟,测得最大深度为 10900 米,所在海域以测量船名字命名为查林杰海渊。

1957 年,苏联科学院海洋研究所海洋科考船"斐查兹"号,对马里亚纳海沟进行了详细探测,在其西南部也发现了查林杰海渊,测得其最大深度为 11034 米。

1960 年,瑞士著名深海探险家雅克·皮卡尔与美国海军中尉沃尔什,乘坐美海军"的里雅斯特"号深海潜水器,首次成功下潜至马里亚纳海沟底部,创造了载人下潜海沟 10916 米的纪录。

2012 年,美国好莱坞导演詹姆斯·卡梅隆乘坐"深海挑战者"号深潜器下潜至 10929 米深处,成为人类第二次载人深潜探底马里亚纳海沟、单枪匹马潜至地球最深处的第一人。

同一年,"蛟龙"号在马里亚纳海沟下潜到 7062 米深度,在远海大洋刻上了中国深度,完成了中华民族"可下五洋捉鳖"的夙愿。

本航次是"蛟龙"号自 2013 年进入试验性应用阶段以来的最后一个航次,计划在西北印度洋、南海、雅浦海沟、马里亚纳海沟等地开展深海科学调查。本航次结束后,"蛟龙"号将进入为

停靠在码头的"向阳红09"船

期数年的升级改造。很幸运,我抓住了这个随"蛟龙"去探海的"最后机会"。

几天后,伴着庄严的国歌声,五星红旗迎风招展。"向阳红09"船搭载着"蛟龙"号缓缓离开码头,犁开波浪,向南航行。几只海鸥围着船头,好似依依不舍的亲友,岸上送行的人们渐行渐远。

短暂热闹,复归平静,复归船上生活。我站在甲板上,迎面吹来了清凉的海风,心潮澎湃。150多年前,法国作家儒勒·凡尔纳写了一部名著《海底两万里》,在这部书的扉页上有一句话:

"比天空更深的是海洋。"深海，是地球上人类最晚认知的世界。由于空间广阔、通透性差、压力大、温度低、水文特征复杂和难以感知等，人类对深海的了解还赶不上对月球表面。

如今，我们拥有了"蛟龙"号，身临深海洋底早已不再是幻想。我们的征途，除了宇宙星辰，还有深海洋底，那里还有许多未知的科学奥秘。从世界之南，到世界之北，再到世界之深，我期待着随"蛟龙"号去探寻蕴藏在世界最深处的科学奥秘。

三亚附近海域作业的渔船

工作人员正在操作设备布放"蛟龙"号

"蛟龙"号入水

下潜前的"必修课"

海风阵阵,波浪起伏。4月25日,我们经过17个小时的风雨兼程,抵达了首个作业站位。

首先进行的是CTD作业。每次"蛟龙"号下潜前,科考队员都要进行相关海域现场调查,获取的数据不仅是研究该海域海洋环境变化的重要参数,也可为"蛟龙"号下潜计划安排提供重要的环境数据支撑,如同"蛟龙"号下潜前的"必修课"。

上午7时许,在急流和海浪作用下,停泊在作业点的"向阳红09"船轻如鸿毛,上下颠簸、左右摇晃。尽管海况不佳,但是我们早已戴上安全帽,穿好工作服,抵达各自岗位。

9时许,在"向阳红09"船的前甲板,科考队员有条不紊地将一个重达200多公斤的CTD仪器推到了船舷边,吊挂在一个巨大的红色绞车钢缆上,缓缓沉入了大海。

监测数据显示,该作业站位的水深约1900米。随着CTD越沉越深,采集的数据量也越来越多,CTD下降到距离海底50米时开始回收,经过近2个小时的作业,我们采集了一系列样品和数据。

虽然采样完成,但是大家并没有放松。检查CTD、固定设备、清洗甲板,每个环节都要像过筛子一样细细滤过,为下次取样作业做好准备。

作业过程中，在海流和涌流的共同作用下，"向阳红09"船已经漂到距离作业站位5公里的位置。随着首个作业工作的结束，"向阳红09"船紧接着又开足马力返回原来的调查站位。

船返回站位后，另一组科考队员开始"接力"，立即进行箱式取样器作业，也就是通过"挖泥"采集海底沉积物。

其实，海面上看似平坦无垠，海底却是迥然不同的另一个世界。海底地形和陆地一样，沟壑纵横，高山林立，海水越深，海底的泥巴就越难采到。箱式取样器工作时就像一个张开的大嘴巴，一旦触底就会自动打开，"啃"下海底的表层泥，再被缓缓地吊上来。

13时许，一名科考队员操作绞车，将钢缆穿过吊臂，与箱式取样器连接。4名队员用止荡绳拴住箱式取样器把手，两名身穿安全绳的队员拉开船舷上的侧门，所有人一切准备就绪。

"开始下放。"随着吊臂缓缓提起，钢缆牵引着箱式取样器吊离甲板，缓缓沉入大海。同时，几名队员紧紧拽住止荡绳，努力保持箱式取样器入水姿态。随着箱式取样器入水，海面上翻起白色浪花，几分钟后，取样器消失在视野里。

我在操作间的显示器上看到，箱式取样器在钢缆的牵引下，以每分钟35米的速度向着海底前进。

2个小时后，箱式取样器回收到甲板，装得满满当当。海底沉积物主要由泥沙、黏土、生物壳体、化石、碎屑等组成，海底沉积速率非常缓慢，每千年的沉积物只有几毫米，这些看上去平淡无奇的深海泥巴,在科学家的眼中,不仅记录着地球海陆变迁的历史信息,更是一本珍贵的海洋生物历史图集。

此次采集到的海底沉积物呈褐色,质地十分细腻。样品管理员快步上前,把样品的站位、颜色、形状等记录下来,并严格按照取样程序,小心翼翼地分拣样品,把样品装箱封存。

海上调查时间有限、任务繁重,科考队会利用一切机会,尽可能地多做调查。这次在箱式取样器作业过程中,我发现科考队员在钢缆上加挂了一台仪器——原位大体积海水过滤器。

原位大体积海水过滤器是一款可在深海环境工作的大体积过滤采样器,采用薄膜过滤器收集水体中的悬浮颗粒物,并记录采样时间、采样体积、压力数值和流量等信息。

"我们干的就是大海捞针的活儿。"自然资源部第二海洋研究所助理研究员孙栋告诉我,这里远离大陆,水质较好,海水里悬浮颗粒物很少。"通过控制过滤器的流速和抽水体积,可以采集到吸附在薄膜上的悬浮颗粒物。这些珍贵的深海颗粒物样品,对于研究深海生态系统的食物链和生物地球化学循环具有重要意义。"

当箱式取样器入水后,负责操作绞车的队员暂停钢缆下放,几名科考队员相互配合,合力抬起笨重的原位大体积海水过滤器,将其固定在钢缆上。按照预先设定程序,在下潜到 1500 米深度时过滤器开始工作,40 分钟后完成采样,随钢缆回收至甲板。

没想到,装满海水的过滤器格外重,仅靠一个人根本无法拽到船上。见状,我们帮忙使劲往上拉,才把过滤器稳稳地拖到甲板上。

"没想到短短 40 分钟就获取这么多,真让人意想不到。"孙栋说,"获取样品只是研究工作的第一步,还有大量工作要待到回实验室进一步分析研究。"样品一上甲板,实验室的工作人员就忙碌起来,大家抓紧时间处理样品。

黑夜降临,月光倾泻而下,洒落在海面上,海天交融,一片苍茫。午夜时分,队员们的工作才算告一段落。

科考队员正在进行 CTD 作业

科考队员布放箱式取样器

"蛟龙"之骄

4月26日,在南海多金属结核采集试验选址B调查区,潜航员唐嘉陵、潜航员学员刘晓辉和杨一帆驾驶"蛟龙"号,执行中国大洋38航次第二航段首次下潜,水下航行约7公里。

按照惯例,首个潜次是工程下潜,用于检验潜水器的性能和状态。上午7时整,挂缆、起吊、入水、摘缆,一连串熟练的操作将"蛟龙"号布放入海。7时09分,"蛟龙"号开始下潜,57分钟后,抵达海底。下潜期间,我在母船上的"水面显控系统"大屏幕上,可实时查看"蛟龙"号下潜状况。

15时02分,"蛟龙"号抛载上浮。16时55分,浮出水面。其间,海底作业7个小时,航程约7公里,是"蛟龙"号水下航行时间最长的一个潜次。本次下潜,"蛟龙"号带回了2块结壳样品共14.8公斤,以及8管短柱状沉积物、16升近底海水。

第一次全程目睹"蛟龙"号执行下潜任务,我非常兴奋。由于工作原因,我对"蛟龙"号很熟悉,从其5000米级海试,到7000米级海试,再到试验性应用,它的故事,我已耳熟能详。

"蛟龙"号,这台我国自主设计、自主集成的载人潜水器,是当之无愧的大国重器,凝聚了无数科研工作者的心血,每一次下潜都是对潜航员极大的考验。

以马里亚纳海沟为代表的深海大洋,蕴藏着人类社会可持续发展的战略资源,更是大国博弈的战略空间。20世纪90年代,中国提出了"上天、入地、下海"的战略规划。几年之后,上天、入地均有斩获,下海却苦寻无功。此时,美国、法国、日本、俄罗斯已经具备了大深度载人深潜技术能力,最深下潜至6500米,而中国载人深潜技术还仅仅停留在600米。

面对悬殊的差距,许多科学家心急如焚,纷纷呼吁国家上马大深度载人潜水器的研发,可惜由于种种原因,这一想法曾一度停留在一张张构思草图中。

直到2001年初,根据国家的战略安排,中国大洋矿产资源研究开发协会组织20余位国内海洋领域院士、专家齐聚北京,再次交流探讨,最终取得共识:发展深海技术,已经时不我待。

起初,人们在研制多大深度载人潜水器的问题上意见不一。一种观点认为,海底矿产资源大多集中在4500米左右海底,研制4500米级就够了;另一种观点主张要有超前眼光,研制大深度载人潜水器。经过反复论证,最终在后一种意见上达成了一致。

时任国务委员宋健非常支持载人深潜器的研制。他说,要么不搞,要搞就搞世界一流、世界领先。

2002年4月,科技部批准了国家海洋局报送的《关于启动7000米级载人潜水器重大专项的请示》,正式列入国家"863计划",明确中国大洋协会负责专项实施。从此,中国研制大深度载人潜水器驶上了快车道。

作为一项涉及众多深海科技领域的系统工程，中国载人深潜项目包括"蛟龙"号载人潜水器本体、母船及水面支持系统、潜航员选拔与培训、应用体系等4大系统，涉及众多高技术领域，可谓任务艰巨而繁重。

项目立项之后，北京、无锡、沈阳等全国100多个科研机构纷纷行动起来，科学技术人员、工程技术人员、后勤保障人员，迅速汇成了庞大的载人深潜团队。

项目立项时，徐芑南已经退休6年了。为了"蛟龙"号，他重新披挂上阵，担任总设计师。第一副总设计师崔维成主动辞去了研究所所长职务，全身心投入研发试验。

据设计人员回忆，当时他们没有见过国外的载人潜水器，至于潜水器究竟要配多少部件，更是无从知晓。

困难吓不倒满怀激情的创业者。他们边学边干，一把老虎钳、两把锉刀、几块木块和三合板，外加十几根塑料管，便开始了潜水器雏形的设计与研制……

就是在这样的起点上，自强不息的中国载人深潜团队，百折不挠，实现了一次次技术突破。时过6年，2008年3月，"蛟龙"号完成总装联调和水池联调试验，第一次具备了出海试验的技术条件。

"蛟龙"号的母船是由一艘已有近30年船龄的老船"向阳红09"船改造的。300多天的时间，老船该拆的拆、该卸的卸、该装的装，解决了27项技术难题，保质、保量地按时完成了改造任务……

同时进行的是一场严苛的潜航员选拔。唐嘉陵、傅文韬等经过常人难以想象的艰苦训练和考核，从众多竞聘者中脱颖而出，成为我国第一批潜航员。

从潜水器研制的高起点，到母船改造的高标准，再到潜航员选拔培养体系的建立，中国载人深潜团队以全新的姿态奔向了深海大洋，经受了无数次的历练。

2012年6月27日，马里亚纳海沟，7000米级海试。此前3年，"蛟龙"号分别完成了1000米级、3000米级、5000米级海试任务，连续刷新下潜深度纪录：1109米、3759米、5188米。

随着现场总指挥的一声令下，付文韬、唐嘉陵驾驶"蛟龙"号向海底下潜。舱内，屏幕上显示着深度数字，每隔64秒，"蛟龙"号通过水声通信系统，自动向母船报一次平安。

11时许，"蛟龙"号抵达7059米深度，并顺利进行了一系列试验。可万万没有想到，半个小时后，母船与"蛟龙"号的通信联络中断了！

"蛟龙、蛟龙，我是向九，你的情况怎样？请速回复！"

时间一分一秒过去，现场指挥部一遍一遍地呼叫着，却听不到一点反馈。

深海失联，危险空前。"难道是舱内人员昏迷了？"此时，"蛟龙"号已经突破7000米深度，水压达到700个大气压，这意味着它的外壳承受着7000吨压力，万一发生意外，后果不堪设想。

就在大家焦急万分时，水声通信机突然响起来："向九、向九，我是蛟龙，一切正常……"

原来，潜航员在海底发现一只罕见的大海参，抓取样品后，突然发现舱内的话筒掉落在地板上，压住了语音通话的按钮。

有惊无险，"蛟龙"号继续下潜作业，在7062米深度坐底开展相关试验。15时15分，"蛟龙"号抛载上浮。

7062米，这是中国载人潜水器的新纪录，也是国际上同类作业型载人深潜器最大下潜深度纪录。

"蛟龙"号勇闯"第四极"，标志着我国已经具备在全球99.8％以上海域开展深海资源研究和勘察的能力，宣告中国从此进入了载人深潜新时代。

2013年5月17日，习近平总书记亲切会见了载人深潜先进单位和先进工作者代表，勉励大家团结拼搏、开拓奋进，推动我国海洋事业不断取得新突破，为建设海洋强国做出更大成绩。

"团结拼搏、开拓奋进。"中国载人深潜团队正是凭着这种勇气和精神，把走向深海的梦想变成了现实。

2013年，中国大洋协会确定"蛟龙"号在步入业务化运行前开展试验性应用的方案。

"如果说，海试是为了检验'蛟龙'号的下潜深度和各项性能。那么，试验性应用阶段则是为了培养专业化的业务支撑队伍，提高作业效能。"中国大洋协会办公室主任、专项总体组组长刘峰曾说。事实证明，开展"蛟龙"号试验性应用非常必要。

2015年2月3日23时许，西南印度洋龙旂热液区被紧张气氛所笼罩。

母船上，现场指挥部领导、科研技术人员、工程技术人员……数十人焦灼的目光投向海面。

21时，付文韬等3人驾驶"蛟龙"号完成第100次下潜返回海面，刚抵达母船起吊点，突然发现船载A形架左侧马达漏油，无法回收。情急之下，"蛙人"迅速解开主吊缆，再次放"蛟龙"号入水。

这是极为罕见的险情，技术人员和船员连夜抢修A形架，更换故障马达。舱内人员每10分钟报告一次坐标和舱内状况。

经过13个小时的抢险，次日早晨6时35分，故障马达更换完毕，A形架工作正常。直到9时55分，"蛟龙"号回收至甲板。所有人悬着的心才放下来。

3名下潜人员安全出舱，科考队员们与他们紧紧拥抱在一起。

载人深潜是当今世界技术十分复杂、高难度的工程之一，中国载人深潜技术的发展，"蛟龙"号的出色表现，再一次表明，中国人完全有能力抢占世界海洋科技的制高点，在新时代实现中华民族的海洋强国梦！

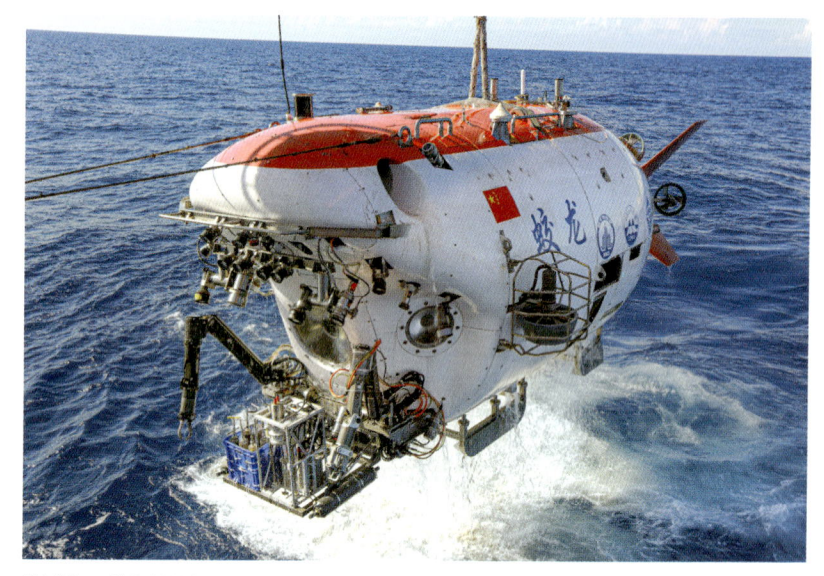

"蛟龙"号航段首潜出水

蛙人正在解除"蛟龙"号缆绳

送行人挥手告别海试队

"蛟龙"号 7000 米级海试队起航

"家里真的有矿"

初战告捷,大家受到了鼓舞,继续追寻海底矿脉。

4月27日,"蛟龙"号进行了第二次下潜。这是"蛟龙"号连续2天进行的"背靠背"下潜,旨在探明水下多金属结核分布的范围与规模。

之前,我在其他科考船上见过多金属结核样品,是一种黑色球状的物体,土豆大小,表面或光滑或粗糙,富含锰、铜、钴、镍等金属元素。

最近,网上有一句流行语:他"家里有矿"。从深海矿区这个角度讲,我们国家还真的"有矿"。

深海蕴藏着丰富的矿产和生物基因资源,是人类未来发展的蓝色空间,是国家和民族长远发展的战略新疆域。根据《联合国海洋法公约》,国际海底区域及其资源属于人类的共同继承财产,任何国家不可独自占有和使用。

在深海大洋的国际海底区域找矿,是代表全人类的先驱式活动。申请国际海底矿区,政府、国有实体和私人企业都可以,各个国家情况不一样。但无论是哪种形式,都必须体现出足够让国际海底管理局放心的财政和技术能力。

1984年，我国确定了1990年前向联合国申请国际海底多金属结核矿区的目标。1990年，我国将国际海底多金属结核资源研究开发列为国家长远发展项目，成立了中国大洋协会。

2001年，我国与国际海底管理局签订了第一块位于东北太平洋的多金属结核勘探合同矿区，面积为7.5万平方公里。如今，我国已成功在国际海底区域获得5块具有专属勘探权和优先开发权的多金属结核、富钴结壳和多金属硫化物矿区，总面积达24万平方公里，是世界上在国际海底区域拥有矿区数量最多和矿产种类最齐全的国家。

欲在深海采矿，首先要进行环境影响评估。深海矿区为"蛟龙"号等高新装备提供了很好的应用场所。本航次的主要任务就是利用"蛟龙"号和一系列常规海洋调查设备，开展多金属结核采集系统海试区的选址和环境基线调查，提出采矿选址方案。

7时10分，"蛟龙"号布放入水，3分钟后开始下潜。8时24分，"蛟龙"号抵达预定深度。下潜过程中，"蛟龙"号开展了近底调查和观察，进行了环境参数测量，采集近底海水、岩石、结壳、结核、沉积物等样品。

15时01分，"蛟龙"号抛载返航，16时23分回收至甲板。最大下潜深度2035米，水中时间9小时13分钟，海底作业时间6小时35分钟。

本次下潜获取了4.5公斤砾状结核样品、5块结壳样品共7公斤、9块玄武岩样品共4.5公斤、8管短柱状沉积物、8升近底海水。

回到甲板后，"蛟龙"号本潜次驾驶员齐海滨有些疲惫，不停地揉着眼睛。"我们下潜点位于海山脚下,'蛟龙'号海底作业一直处于向上爬坡状态,航行过程中发现了很多海参、海星、海葵等生物,海参的数量最多。"齐海滨告诉我,他驾驶"蛟龙"号时需要高度警惕,时刻注意地形变化,避免发生碰撞。

相较于潜航员,参加本次下潜的科学家杨耀民却非常兴奋,跟我描述起在海底看到的情景。"此次'蛟龙'号作业线路为从海山山底向山顶方向进发,在2032—1733米深度时,发现多为沉积物,到1733—1700米深度时,发现了结核,到1700—1607米深度时,看到许多板状结壳,抵达1530米深度时,又是多为沉积物。"

在一般人眼中,这些沉积物就是一摊软泥,结壳就是几块黑石头。从"蛟龙"号出舱后,杨耀民顾不上休息,凑在样品前仔细观察。

"这些沉积物、结壳,对于我们来说可是宝贝。"杨耀民兴奋地说,"结合'蛟龙'号上一个潜次的调查成果,我们初步查明了该海域结核、结壳发育的界限和分布范围,这对于开展多金属结核试验区选址有重要的参考作用。"

"蛟龙"号下潜前准备

"蛟龙"号海底拍摄的海星

"蛟龙"号在海底拍摄的海参

巧遇大白鲨

这里的天气,有时是乌云密布、狂风大作,有时是云开日出、阳光明媚;这里的海山,一边是悬崖峭壁、一派荒芜,一边是鱼翔深海、生机盎然。

4月29日清晨,"向阳红09"船一路劈波斩浪,抵达珍贝海山调查区。

6时54分,全体人员就位。主驾驶张奕、副驾驶唐嘉陵和下潜科学家石学法在"蛟龙"号舱内坐定,再一次检查设备情况。

"报告,甲板人员准备完毕。""潜水器人员准备完毕。""水面支持系统人员准备完毕!"

"布放潜水器!"7时12分,现场指挥部总指挥邬长斌一声令下,挂吊缆、拆限位销、吊起潜水器、布放入水、摘吊缆……一切都在顺利进行。

突然,海上风云突变,海浪越来越大、水流越来越急,船体开始无规律摇摆。此时,"蛟龙"号已经入水,仅有一条笼头缆将其与母船相连。在海流作业下,"蛟龙"号越来越重,笼头缆越绷越紧……

一般而言,2米以上的浪,就会使得母船的稳定性变差,"蛟龙"号要从固定的母船上平稳地放到海面上并进行下潜,这个过程需要一个平稳的气象环境。一旦母船不稳定发生摇摆,很容易造成操作失误,发生事故。当时,浪高约 1.5 米、涌浪 2 米,阵风达 6 级,在这种海况下潜,对于"蛟龙"号的挑战很大。

海面上,"蛟龙"号一会儿被风浪抛上浪峰,一会儿又被拽进谷底,舱体摇晃剧烈。在波峰浪谷间,张奕双手紧握驾驶杆,操作"蛟龙"号开始下潜。

随着下潜深度越来越大,海面的风浪对"蛟龙"号影响越来越小。9 时 02 分,"蛟龙"号抵达预定深度,开始沿着海山的一条断面进行近底调查和观察。

其间,"蛟龙"号一直处于爬坡状态,从海山底部向山顶进发。在陡峭的海山上,"蛟龙"号发现了许多岩石,但多次用机械手抓取样品,都没有成功。

深海洋底,伸手不见五指,"蛟龙"号抓取样品,只能借助自身灯光照明,作业难度很大。见此情景,副驾驶位上的潜航员唐嘉陵一边安慰张奕放平心态,一边指导她机械手的操作要领。

几分钟后,"蛟龙"号再次向海山靠近。缓缓伸出的机械手,像一只水母伸出的触手,抓住了一块凸起的岩石,狠掰下来,放进取样篮。

"成功了!"石学法透过观察窗,一直关注着现场作业情况。目睹样品抓取成功,不禁开心地笑了。

石学法是一名经验丰富的海洋地质学家,对深海大洋十分熟悉。他以前都是通过录像观察海底地形地貌,现在能置身其中,自然非常珍惜这次难得的机会。作业过程中，他一边摄像，一边记录作业点位，忙得不亦乐乎。

15时01分，"蛟龙"号完成任务，开始抛载上浮。

1小时12分钟后，"蛟龙"号浮出水面。此时，涌浪与乌云也让路了，一缕阳光透过厚厚的云层照耀在"蛟龙"号上，熠熠生辉。16时47分，"蛟龙"号回收至甲板，下潜人员依次走出载人舱。

一桶桶海水从头而降，石学法张开臂膀，迎接浇灌。"洗海澡"是载人深潜对首次下潜人员的独特欢迎仪式。

"你们辛苦了！"队友们聚集到甲板上，用热情的拥抱祝贺石学法首次下潜成功。"我很幸运，能够亲自实施自己参与制订的科考计划。"石学法说，"以前制定和评审过很多次'蛟龙'号下潜方案，但这一次能够亲自执行自己参与制定的下潜方案，还是非常激动。"

一天后，"蛟龙"号继续在该海域下潜，下潜人员为主驾驶杨一帆、副驾驶傅文涛、下潜科学家杨刚。

有了上一次"蛟龙"号的"侦察"基础，这次作业顺利了很多。"蛟龙"号于8时18分开始下潜，9点02分抵达预定深度，并沿着上一次调查线路继续爬坡，取得了不少岩石样品。

行至海山山顶时，"蛟龙"号突然停了下来。海山山顶之上，生长着许多珊瑚、海胆、巨型底栖生物。与之前"蛟龙"号在山底看到的满目礁石、一派荒芜截然不同，这里仿佛是一个大型的深海动物乐园。

其间,一只大白鲨从"蛟龙"号身边游过。这只大白鲨体积庞大,发起怒来,把"蛟龙"号撞倒也未可知。大家都被惊到了,立即驾驶"蛟龙"号后退,保持安全距离,盯着这只大白鲨。幸好大白鲨没有表现出任何攻击他们的意思,自己悠然自得地游走了。

随后,"蛟龙"号立即抓取了珊瑚、海绵等生物样品。15时30分,"蛟龙"号抛载上浮。此次下潜,"蛟龙"号采集了更加丰富的岩石、生物样品,包括6块玄武岩、1块半固结有孔虫砂、1株生物样品竹柳珊瑚、1株丑柳珊瑚、2只海胆、3只海蛇尾、1个海绵等。

"蛟龙"号回到甲板后,我们争先聚集在样品筐前,看看这些"深海来客"。随船的海洋生物专业队员小心翼翼地分拣样品,将它们拿进实验室进行分析。

"目前,我国对深海的生物研究程度有待提高,缺乏对深海区域的不同生境,尤其是海山区的生物系统的研究。"来自中国科学院海洋研究所的李阳告诉我,"蛟龙"号此次采集到的生物样品,对于促进我国深水生物多样性、生态系统、生物地理学具有重要意义。

对于我这个外行,这些科研意义理解起来比较生涩。见状,李阳笑了笑,解释说,通过与在西太平洋海山区采到的深水生物进行比较分析,可为研究不同海区海山生态系统的异同提供例证与支撑。"简而言之,通过研究'蛟龙'号采集的生物样品,有望发现新物种。"

我不禁有些肃然起敬，甚至有点紧张。科研人员常说，我们对深海的了解还远远不够，深海大洋是研究生物多样性的"富矿"。从这次看似普通的下潜，对此我有了进一步的认识。广袤的深海，还有多少未知科学奥秘，等待人们去揭开、去探寻。

"蛟龙"号正在进行下潜作业

为首次下潜人员庆祝

"蛟龙"号在水下利用机械手采集岩石样品

"蛟龙"号水下偶遇大白鲨

学员"出师"

"小心取样,要把珊瑚完整地保存下来!"5月5日,"蛟龙"号下潜归来,我们惊喜地发现,采样篮里有一只形态完整的珊瑚样品。这只珊瑚的根部与一块岩石连接,一只海蛇尾吸附在珊瑚上端,完整呈现这只珊瑚在海底生长的形态。样品管理员许岳小心翼翼地分拣样品,按照取样程序把样品装瓶封存。

这次下潜,"蛟龙"号抵达预定深度后,随即发现了少量结核、结壳,并择机进行了取样。取样结束后,"蛟龙"号沿着海山进行近底观察和取样。随着"蛟龙"号一路爬坡过坎,发现的海底生物也逐渐增多。抵达海山顶部后,"蛟龙"号观察到沉积物上近300米长度的区域有结核、结壳出现。

"本潜次潜水器技术状态良好,3名下潜人员配合默契,圆满完成下潜任务。"实习潜航员陈云赛在本潜次独立担任主驾驶。

我国于2013年在全国公开选拔了第二批潜航员学员,陈云赛等6人入选。从2014年开始,他们接受实际操作培训,并在2014年底—2015年初的"蛟龙"号西南印度洋试验性应用航次中,开始作为副驾驶随"蛟龙"号下潜作业。

2014年5月,刚刚走出校门的陈云赛,就登船奔赴印度洋执行大洋科考任务。

初次出海，陈云赛对船上的事儿感到很新奇。下潜前，他和同事们一起为"蛟龙"号安装压载铁、准备作业工具，确认潜器技术状态。等到潜水器回收，他又跟着老潜航员，检测潜器技术指标，之后又拿出小本子，记下"蛟龙"号行驶轨迹和作业内容。

"'蛟龙'号操作难度大、作业危险系数高，稍有疏忽就容易出现大问题。"在陈云赛看来，潜航员对潜水器必须要有系统性的了解，只有这样才能在出现故障时做好定位和排除。

这几年，在我国第一代潜航员傅文韬、唐嘉陵的帮助下，陈云赛的驾驶本领越来越高，并从潜航员学员转为实习潜航员。对于"蛟龙"号的常见"病症"，这名小伙子早已记得滚瓜烂熟，讲得头头是道。

2017年3月11日，"蛟龙"号在西北印度洋大糦热液区下潜，这是陈云赛首次作为主驾驶执行下潜任务。下潜之前，他与下潜科学家多次沟通作业方案，查阅资料了解该热液区的海底地形地貌，做了许多案头工作。

即便如此，复杂的热液区地形还是给陈云赛造成了大麻烦。"那里的巨型烟囱柱非常多，'蛟龙'号海底航行时，如同置身石林之中，必须左突右闪，蜿蜒穿梭。"

"第一次作为主驾驶下潜，说没有压力是假的。"陈云赛说，"随着作业进行，所有注意力都集中在潜水器操作上，再加上傅文韬在身边指点，心态也就慢慢淡定了。"

10个多小时后，"蛟龙"号回收至"向阳红09"船的甲板，采集到的烟囱壁、硫化物、岩石、保压热液流体等样品把采样篮装得满满当当。

除了要能熟练操作"蛟龙"号，陈云赛还担任过潜水器准备部门长、水面支持系统准备部门长等职。在船上，这被通俗地称为一岗多能。

相较于潜航员的光环，这些工作更加普通，但陈云赛却乐此不疲："能多积攒些一线工作经验，这是好事，也好为'蛟龙'号升级改造多做点事儿。"

本航次中，我国第二批6名实习潜航员全部完成第二轮独立主驾驶操作，全部接受了潜水器准备部门长、水面支持系统准备部门长的岗位实习，具备了转为初级潜航员的基本条件。

在船上召开的初级潜航员考核定级评审会上，经过专家考核评定，6名实习潜航员全部通过考核，可转为初级潜航员。待"蛟龙"号回到青岛母港后，他们将拿到初级潜航员证书，标志着所有潜航员学员顺利"出师"。

"蛟龙"号带回的珊瑚样品

"蛟龙"号带回的结壳

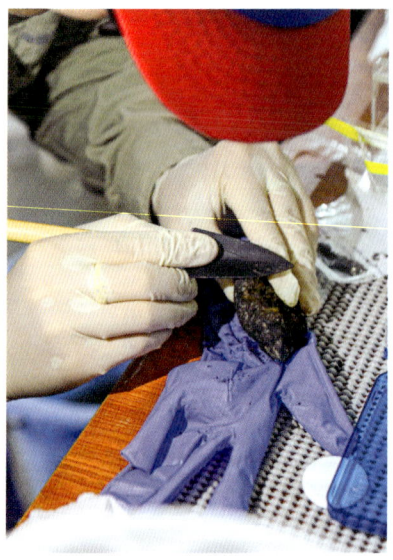

科研人员处理样品

老船与深海

靠港，起航，又靠港，再起航……船的岁月，就在这轮回中缓缓流淌。很多人都知道"蛟龙"号在马里亚纳海沟创造了 7062 米最大下潜深度，但很少有人知道"向阳红 09"这艘功勋船的传奇经历。

1978 年 1 月，我国决定参加世界气象组织的第一次全球大气试验活动，这也是我国参加的首个国际合作远洋科学调查。这项远洋科学调查动用了全球 140 多个国家和地区的陆地气象台站、海洋天气船、热带风观测船、浮标、定高气球、飞机和人造卫星等各种观测手段。

为执行这次国际合作远洋科学调查，我国决定派出两艘科考船，"向阳红 09"正是为执行这次任务而赶造的，这艘船交付时被列入中国最早的海洋科考船序列"向阳红"。

"向阳红 09"船由上海沪东造船厂建造，1977 年 10 月开工、1978 年 10 月竣工，是我国自行设计、自行建造的 4500 吨级远洋科学考察船。在当时造船水平下，要在一年内建造完一艘 4500 吨级的科考船，是十分困难的。

1978 年 12 月，"向阳红 09"船首航太平洋，参加了世界气象组织的第一次全球大气试验活动，中国海洋调查船在世界海洋科学调查大舞台上精彩亮相。1981年12月，"向阳红09"船在渤海经历了一次劫难——船舶起火，全船断电，失去动力。当时，船长已经决定弃船，船员已准备进入救生艇。危难之际，是海军舰船赶到，才挽救了"向阳红09"船。经过一年恢复性修理，"向阳红09"又重新投入到海洋调查任务中，先后执行了"中美东海联合调查""中日合作黑潮调查"和"中法长江口沉积调查"等重大海洋调查任务，并出访韩国、朝鲜、美国和俄罗斯等。

船如人，终有一老，历尽风雨、艰难险阻。2006年，就在"向阳红09"船步入近30岁"老龄"之时，被赋予新的历史使命，成为"蛟龙"号支持母船，送进中海集团立丰船厂进行增改装。这次增改装工程对"向阳红09"来说是一台大手术，船舶主、辅机被全部掏空，陈旧设备被拆除，船艉部和部分舱室被拆解。同时，"向阳红09"船增装了潜水器布放回收系统及辅助设施，改善了生活设施，更新了电站和发电机组，对实验室重新布局，构建了船舶现代化计算机网络系统，并提高了通信导航能力等。

"'蛟龙'号改变了生活。"对于一些老船员来说，要不是载人深潜试验，这条船再有一两年可能就要报废了，是"蛟龙"号给了这条老船新生。

从2009年"蛟龙"号开始海上试验，到试验性应用航次，"向阳红09"船搭载"蛟龙"号远征我国南海、太平洋、印度洋，为它的每一次下潜保驾护航。本航次是"向阳红09"船服役的近

40个年头，主辅机已经严重老化。

轮机是船舶的"心脏"。在"蛟龙"号布放和回收时，船上两台辅机会分别突加100千瓦功率，满负荷运行，这在其他船是很难见到的场景，因此布放和回收潜水器时，轮机部船员要守在机舱，没有一次因机械设备故障而影响下潜作业。

每次下潜后，"向阳红09"船会绕着"蛟龙"号下潜地点不停地转圈，确保不离开潜水器太远。其间，船舶要保持单个主机机动航行，值班水手在驾驶台要手动操舵10多个小时。每次布放和回收，驾驶台要提前计算出船舶受风流影响的漂移量，将船舶往向上风侧移动，最大限度地保证作业站位的准确。

除了轮机部、驾驶台，"蛟龙"号的每次布放和回收，都会有4个身穿橙色救生衣的人乘橡皮艇出现，他们是"向阳红09"船的"蛙人"。

作为载人深潜的一个特殊群体，蛙人对于"蛟龙"号是必不可少的。"蛟龙"号的布放和回收，都需要蛙人爬到潜水器上亲自动手摘下和挂上主吊缆、拖曳缆。尤其是在风浪大时回收"蛟龙"号，橡皮艇和潜水器经常会有很大的高低起伏，更需要技巧、经验和勇气。

在船上，我认识了崔磊，中等身材，面孔黝黑，肌肉紧绷的胳膊，结实有力。他从小在山东青岛长大，一身好水性，2013年来到"向阳红09"船，成为一名蛙人。

提起大海，或许人们脑海中会浮现水草摇曳、鱼儿潜游的浪漫景象。而崔磊面对的大海，则危机四伏，充满凶险。

执行7000米级海试任务的"向阳红09"船

有一次,"蛟龙"号下潜归来,浮出水面,蛙人们驾驶着橡皮艇顶着涌浪冲了上去,崔磊一个箭步,爬上潜水器顶部,麻利地挂缆。

突然,一个大浪打来,"蛟龙"号猛地一摆,崔磊不禁脚下一滑,胳膊磕到潜水器上,一阵生疼。来不及多想,崔磊忍痛爬了起来,挂好缆绳,返回橡皮艇。等回到船上,崔磊才发现自己的胳膊已经脱臼了。

风里来,浪里去,4年多来,崔磊已经记不住受了多少次伤了。拉开崔磊的裤腿,腿上青一块、紫一块,有许多瘀伤和疤痕。

1989年出生的崔磊往你面前一站,笑容灿烂,一脸阳光。

"挂缆、摘缆时，受些小伤在所难避。"生性乐观的崔磊对受伤看得很开。"'蛟龙'号下潜一次连着一次，蛙人的任务也是一个接着一个，伤口一沾海水就又发炎了，除了简单进行消毒，也没有别的办法，所以也就随遇而安了。"

虽然蛙人是个高风险的职业，但在崔磊看来，他感觉现在的自己是幸福的，因为找到了一个很有成就感的工作。"既然干了蛙人就要干好，只要能保障'蛟龙'号顺利下潜，再辛苦也是值得的。"

完成本航次后，"向阳红09"船搭载"蛟龙"号远洋科考的历史使命将告一段落，"蛟龙"号迎来了自己的新母船"深海一号"。这艘我国自主设计建造的首艘大吨位深海载人潜水器专业母船，可为"蛟龙"号深潜作业提供运载、就位、布放、回收、通信等水下、水面支撑，能极大提升有效下潜次数，提高作业效率。

航向深蓝，大洋亮剑。"向阳红09"船也将进厂改装，拥有一颗跳动的年轻的心，继续在深海大洋上续写自己的传奇。

勇往直"潜"

5月10日,"蛟龙"号完成本航段第9次下潜,也是本航段最后一次下潜。7时13分布放入水,8时31分抵达预定深度,15时01分抛载返航,16时48分回收至甲板。"蛟龙"号水中时间9小时35分钟,海底作业时间6小时30分钟,完成了环境参数测量,采集了近底海水、沉积物、结核和生物等样品。

一天后,我们乘坐"向阳红09"船踏上返航之路。经过现场指挥部批准,我来到"蛟龙"号舱里参观体验。按照要求,我穿好工作服,戴上安全帽,沿着大铁架登上"蛟龙"号舱顶。圆形的舱口开在"蛟龙"号顶部,只有60厘米大小,一个竖着摆放的钢梯连通着舱顶和舱内,旁边是白色的通风管。我深吸一口气,顺梯而下,来到舱内。舱内空间呈圆形,只能容纳3个人,潜航员赵晟娅、陈云赛正在检查设备状况,并热情地把主驾驶位置让给我。

坐定之后,抬眼看去,周围都是密密麻麻的按键和仪表盘,前方是3个观察窗,中间窗稍大,两侧窗稍小。由于身在船上,已经用盖子盖严。主驾驶台上,有一个操作手柄和许多操作按钮,用来操作"蛟龙"号下潜上浮,前进后退。见状,我不禁想起了小时候玩的街机,也是一个操作杆和几个按钮。

"'蛟龙'号每分钟可下潜 40 米左右,到 200 米深度就难见到光亮了,一片漆黑。采样时,我们会操作机械手抓取,再把取样篮盖紧。"见到我兴致勃勃,赵晟娅一边讲解"蛟龙"号下潜基本流程,一边模拟下潜时的操作场景。

"阳光无法透入,那舱里冷吗?"

"千米之下,海水冰冷,如同从夏天一下子过渡到冬天。虽然潜水器有恒温功能,但舱壁是冰凉的,如果穿得太薄就会被冻着,我们准备了一个毯子,盖在身上。"

"如果返航时无法上浮怎么办?"

"'蛟龙'号有多种抛载上浮模式。如果机械手被卡住,可以实现自动断臂上浮;采样篮被卡住,可以自行抛弃,实现上浮;重达 1.2 吨的电池箱在关键时刻也可抛弃,使从而"蛟龙"号获得巨大浮力。假如这些操作都不能奏效,我们还有招数——释放应急浮标,通过一根长达 9000 米的缆绳与潜水器连接,把"蛟龙"号提升到海面上。有了这些措施,极大增强了"蛟龙"号的安全性。"

我听闻此话,心生感慨,我们做载人深潜,既要勇敢突破下潜深度,又要踏实做好潜水器的各项功能。我们只有坚持安全第一,才能做到勇往直"潜"。

不知不觉间,我在舱内度过了一个小时,站起身来准备告别,顿觉有些腰酸。原来是舱内空间太小,大家都是盘着腿交流。我在聊天时还不觉得什么,此刻准备出舱倒是有些难受,想到潜航员一次下潜就是几个小时，都是窝在狭小的舱内，顿觉有些肃然起敬。

出舱后，回望"蛟龙"号，潜航员还在对"蛟龙"号进行维护保养。我知道，相较于下潜作业，这些工作已经很轻松了。每次下潜前一天，潜航员就很少喝水了，作业过程中也基本上不进食。这么做的目的是尽最大可能地减少人体新陈代谢。小小的生活细节，反映出的是对载人深潜的认真态度。在惊涛骇浪中铸就的中国载人深潜精神——严谨求实、团结协作、拼搏奉献、勇攀高峰，已经融入每一名潜航员、科考队员的血液里。

我们常说记者要把身子俯下去，视角沉下去。在船上，为了"蛟龙"号科考，有的无法照顾尚在襁褓的孩子，有的父母去世也没能见到最后一面，有的连续坚守载人深潜一线10年……短短一个多月，我同他们从素昧平生到无话不谈，话题从科考项目到日常生活。

采访不需要正襟危坐，回答也不必有板有眼，闲聊、打闹、揶揄都成为工作的一部分，稿子在唠家常中顺嘴"溜达"出来。如今，每当我稍有懈怠时，那些人、那些场景就会浮现在眼前，心中涌起莫名的责任感。

布放"蛟龙"号

队员搬运"蛟龙"号带回的深海样品

开展"蛟龙"号维护

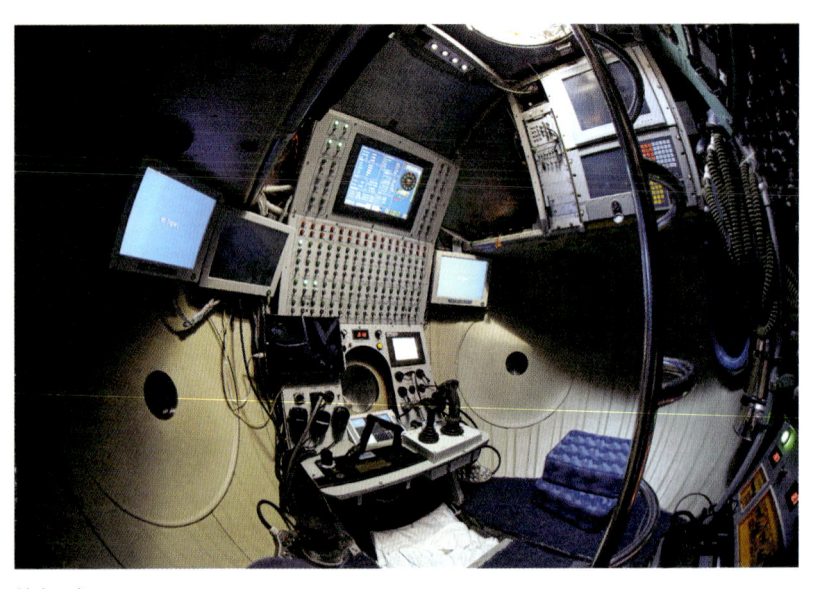

舱内一角

珠峰篇

隔离也有"小确幸"

2020年3月17日一早,我从北京出发,历经7个多个小时飞行、中转、再飞行,下午4点钟赶到拉萨,一天内我从繁华的北京到了雪域高原。因为新冠肺炎疫情防控要求,一路上大家都戴着口罩,仅有吃饭时才拿下来,气氛略显压抑。

2019年10月,习近平主席对尼泊尔进行国事访问期间,两国发布了《中华人民共和国和尼泊尔联合声明》,其中提出:考虑到珠穆朗玛峰是中尼两国友谊的永恒象征,双方愿推进气候变化、生态环境保护等方面合作。双方将共同宣布珠峰高程并开展科研合作。

为落实联合声明,自然资源部会同外交部、国家体育总局和西藏自治区政府组织了2020珠峰高程测量工作,自然资源部第一大地测量队(国测一大队)主要负责该项工作的现场实施。

我们一行11人,除了我们单位的两名同事,还有来自新华社、中央新影集团、自然资源部宣教中心的记者和工作人员。大家的任务是随国测一大队报道2020珠峰高程测量活动,在未来两个多月的时间,一同战斗。

走出机场,湛蓝的天空,白云朵朵,风吹云动。远处山顶,云雾缭绕，积雪依稀。气温不高，风冷飕飕的，我趁机松了松口罩，透了透气，畅快了许多。此时，西藏自治区自然资源厅的工作人员走上前来，把我们迎上中巴车。

走到车前，我不禁有些焦虑，要把我的行李搬上车着实不是件容易事。这次带的行李实在太多，两只大箱子的总重就超过了80公斤，这直接导致我在首都机场交了140元超重罚款。没办法，只有认了，谁让这次为了确保在特殊环境下能坚持工作，所有的设备我都带了备份——两台电脑、两台相机、各种镜头、摄像机及各类个人用品。所幸，这次单位派了司机和一名同事送我们到首都机场，让我十分过意不去，也很感激。

中巴车一路行驶，我们来到了一家酒店，迎来了14天的隔离期。这家酒店是西藏自然资源厅帮忙选定的，前期抵达拉萨的国测一大队队员也住在这家酒店。对我而言，隔离是意料之中。面对新冠肺炎疫情的冲击，西藏只在早期发现了一个输入确诊病例。按照规定，凡是外地来藏人员，必须进行隔离。隔离所有费用自理，酒店工作人员负责配送一日三餐，早晚各测量一次体温。入住前，工作人员一再叮嘱，隔离要求很严格，不许离开房间，楼道有监控，一旦发现违反隔离规定的行为，隔离时间要从头算，并影响同行人。

搬运行李时，我"趁机"狠狠地跺了几脚，沾了沾"地气"。一方面，一路飞行中转7个多小时，不禁有些腰酸背痛；另一方面，隔离期间，只能在房间里活动，这次搬运行李成了未来两周仅存的"放风"机会。这时，我想起网上流行的一句诗："既然目

从隔离酒店拍摄的布达拉宫侧影

标是地平线,留给世界的只能是背影。"此情此景,倒是很贴切。

酒店的房间不大,有10多平方米,与一般的酒店没什么区别。让我惊喜的是,透过窗户可以看到布达拉宫的侧影。入住时是下午5时许,夕阳西下,云幕低垂,布达拉宫的金顶在阳光映射下,金光四射,熠熠生辉。虽然"宫景"被几个正在作业的大吊车挡去了不少,但能看到布达拉宫也算是隔离期间的一个"小确幸"。

急匆匆地赶路,再加上收拾行李、给家里打电话报平安,一直忙活到半夜,不禁有些头疼,不知是累还是有些高原反应,困意袭来,酣然入睡。

多年夙愿终得偿

3月18日,从沉睡中醒来,看看手机,早上6点钟。坐起,测了一下血氧,90%多,与在北京的时候没什么区别,心里也就踏实了许多。

一般来讲,初到拉萨,都会有高原反应。可能是有南北极科考采访的经历,再加上之前有两次来拉萨进行高原适应性训练,我对拉萨3600多米的海拔还比较适应。

吃过早饭,走到窗边眺望。小小的窗户,如同一个无限延伸的画框,画面底色是蔚蓝纯净的蓝天、洁白柔软的白云,天边的山峦连绵起伏,如波如浪,迎面涌来,就像是画中的美景。在我看不到的远方,是此行的目的地——珠穆朗玛峰。它躲在群山峻岭身后,静静地等着我们。

对珠峰之行,我至今仍会感到有些不真实。之前,能去南北极、深海,是得益于我从事的海洋新闻工作,也正是因为这样的工作性质,让我与珠峰"注定"不会产生交集。

为了圆走向世界"四极"的梦,我也曾动过来珠峰的心思,但在网上看到的一则珠峰管理局发布的公告,让我断了念想:"禁止任何单位和个人进入珠穆朗玛峰国家级自然保护区绒布寺以上核心区域旅游。"这也就是说，游客去珠峰参观须止步于绒布寺，不能再去珠峰大本营。

2018年，国务院机构改革，组建自然资源部，对原国土资源部、国家海洋局、国家测绘地理信息局等部门的职责进行整合，国土、海洋、测绘均成为自然资源工作的重要领域，我所在的单位也经历了重组，工作方向转为自然资源领域。

2019年底，我得知了2020珠峰高程测量活动的消息。去珠峰，对我来说并不需要太多考虑。这些年的职业生涯，让我选择去现场就是一个下意识的举动，不需要一个决定的过程。机缘巧合之下，成就了我此次珠峰之行，也让我走向世界"四极"的目标趋于圆满。

在来拉萨前，我做了一些"案头"工作，查阅了许多资料，了解了一些这次活动的"前世今生"。

珠峰，板块"角斗"的产物，被称为世界"第三极"。此次珠峰高程测量前，我国测绘工作者对珠峰进行过6次大规模的测绘和科考。1975年，我国首次将测量觇标矗立于珠峰之巅，并精确测得珠峰海拔高程为8848.13米。2005年珠峰测量，获得珠穆朗玛峰峰顶岩石面海拔高程8844.43米。

但珠峰的高度是一直变化的。由于欧亚板块与印度洋板块的碰撞，到现在为止，珠穆朗玛峰整体趋势还是在持续上升。一般在3种情况下，需要对珠峰高程重新测量。

第一种情况是，当珠峰高度缓慢变化积累到一定程度，就需要重新测量珠峰高度。第二种情况是，如果在离珠峰较近的地方

航拍绒布寺

发生大地震，认为地震对珠峰高度影响明显，也需要重新测量珠峰高度。第二种情况是，当测量技术有了一个大的飞跃，新技术可以明显提升珠峰测量精度，也需要重新测量珠峰高度。本次珠峰高程测量就是在2015年尼泊尔发生8.1级地震之后，我国全面开展的首次综合珠峰高程测量活动。

珠峰到底有多高？要回答这个问题，首先就要明确珠峰脚下的"海拔零米"在哪里。这就好比盖房子，首先得找准地基位置。真正的珠峰海拔高，是峰顶到"大地水准面"的距离。

通俗来讲，我国为珠峰测"身高"要从黄海测起。我国法定的高程起算面是黄海平均海平面，是根据山东青岛大港验潮站

1952—1979年的验潮资料计算确定的,并通过位于青岛市观象山的"中华人民共和国水准原点"实现。

我国海拔高程的基准,如何从青岛"传递"到珠峰呢?只能通过水准测量,把黄海平均海平面延伸到珠峰脚下。在前期工作中,测量队员基于先前完成的国家基准项目,取得了西藏日喀则深层基岩点相对青岛水准原点的精确高度,队员只需从日喀则开始向珠峰测量,就相当于从青岛"延伸"到了珠峰的交会点上。

我前几天听说,50多名国测一大队队员已于半个月前来到珠峰地区,进行珠峰高程测量前期的水准测量、重力测量、GNSS测量等工作。高寒缺氧的环境下,有的队员从来没睡过一个安稳觉,夜里喘不过气,经常从梦中惊醒。

相较于测绘队员,我是幸运的。14天的隔离期,如同一个难得的"时间窗",让我远离喧嚣,静下心来思考,为珠峰之行做好心理和身体上的准备。

"测绘尖兵"的本分

3月22日,是隔离的第五天,太阳终于露出了难得的"笑脸"。这几天,云幕低垂,接连下了几场大雪,气温骤降,能见度最低时不足百米。清晨,积雪在阳光的照射下,逐渐融化成清冽的雪水,布达拉宫也从云雾中"害羞"地露出了金顶。

上午,我看到楼下有许多人忙碌地往越野车上搬运东西。我一下子反应过来——他们是国测一大队的队员。半个小时后,他们乘车出发了。

为了防风御寒,国测一大队给队员们配备了统一的冲锋衣,再加上越野车车身上粘贴着"2020珠峰高程测量"大标识,这让他们很容易识别。入住时,我就听说前期抵达拉萨的队员也住在这个酒店,估计是今天隔离期满了。

我和国测一大队结缘于2019年9月。当时,我随自然资源部"根在基层"青年调研团走进他们在新疆的野外测区。现在回想起来,如果没有那次活动,我可能不会知道大地测量原来与日常生活紧密相关;如果没有遇到这些测绘人,我可能不会知道有这样一支丈量祖国壮美河山的"测绘尖兵"。

国测一大队的主要任务是建立和维护国家测绘基准体系,这是一项为国家各类基础建设打地基、搭框架的工作。许多国家重大工程的背后，都有测绘队员默默付出的身影，而在工程建成或任务完成之时，他们又已奔赴下一个现场。国务院曾授予国测一大队为"功勋卓著、无私奉献的英雄测绘大队"称号。

国测一大队初步统计过队员的外业调查范围：两下南极、六测珠峰，数十次深入西藏无人区、内蒙古戈壁荒原、新疆沙漠腹地、边远海岛，徒步行程超过6000万公里，相当于绕地球1500多圈。

调研前，我很好奇一件事：为什么活再苦、再累、再重、再危险、再艰难，这支队伍都拿得下来，而且能出色地完成？艰苦的环境下，是什么让一代代队员能够传承红色基因，弘扬奉献精神？

走进国测一大队展览室，一面英烈墙引起了我的注意。这面英烈墙上，有一份名单。这是从1954—1989年，牺牲在野外岗位上的测绘队员，有46人。他们的遗骨，有些永远留在了荒野测区，连块墓碑都没法安置。

老队员在介绍时，提到了英烈墙上的一个名字——吴昭璞。1960年4月，31岁的技术员吴昭璞带领水准测量小组来到新疆戈壁。一天早晨，意外发生了：装满清水的水桶漏了。桶空了，断水了。茫茫戈壁，烈日当空，气温超过40摄氏度，最近的水源地在200公里外。

见此情景，吴昭璞把仅有的水囊递给一位年轻队员："你们马上轻装撤离，我留下看守仪器资料，等着你们回来。"有队友想争辩，被吴昭璞制止，"大家早一分钟撤离，就多一分生存的希望。"当队友们3天后赶回来时，被眼前情景震撼住了——帐篷里，牙膏吃光了，描图用的墨水也被喝干了。吴昭璞口含黄沙，十指深深插进沙土，静静地躺在戈壁滩头。在他身后，资料整理得整整齐齐，衣服严严实实地盖着测绘仪器。

埋骨何须桑梓地，人生无处不青山。老队员说，每次路过这面英烈墙，都不敢多看，怕忍不住掉眼泪。

后来，条件在改善，装备在更新，后勤保障也"水涨船高"，有了高精尖测量仪，有了工作车。但改变的是环境，不变的是奉献。为了完成任务，测绘队员们平均每年在野外作业时间超过6个月。有的队员形象地比喻自己是候鸟，"绿叶发的时候出征，树叶黄的时候归来"。

2019年9月，我随调研团来到外业队员的新疆野外测区。这个季节的新疆，瓜果飘香。但在大山深处则是另一番风光：烈日炎炎，人迹罕至，"搓板路"一眼看不到尽头，手机信号时有时无，这一切仿佛在提醒着我，队员的工作环境很艰苦。

在那里，我遇到了正在执行水准测量任务的外业队员。架标、量距、读数、记录，他们小心翼翼地收集每组数据。一旦数据有一个小数点的错误，都会导致几公里的返工重测。

水准测量观测员杨红利，年近五十，曾两次赴珠峰测量、数次深入新疆无人区，每年要徒步完成近2000公里测量。

调研过程中，我最想打听的就是队员们是怎样在高原戈壁、严寒酷暑的恶劣环境下攻坚克难、完成任务的。然而这些素材并不像想象的那么容易挖掘。如果不是一再追问,他们很少描述他们在野外工作和生活的细节。

"长年野外测绘作业,早已习惯了这样的环境。既然任务交给了咱,就要干好,这是本分。"在和杨红利的交谈过程中,这句话似乎解开了我心中的疑问。

本分,对国测一大队的队员来说,这个词意味着当你面对危难险重任务时,绝不退缩。本分,体现在野外测绘上,就是日复一日、年复一年的坚守,只要任务分配下来,他们没有二话,拎包出发。

年仅32岁的测量员王晓育,皮肤黝黑,有15年的野外出测经历,身上有一种与年龄不相符的沉稳气质。

"这里手机没信号,跟家里联系不上,会焦虑吗?"

谈及家人时,王晓育露出一丝愧疚。原来,他的儿子出生时得了肺炎,高烧不退,住院治疗了6个多月,但他都在野外出测没能赶回去看一眼。现在儿子8岁了,家中事务全靠妻子操持。每次出测离家,孩子都会拽着他衣袖哭闹。为了工作,今年他只回过家一次。

在野外测区走了几天,我发现了一些"秘密"——队里有个不成文的规定:面对苦活儿、累活儿、重活儿、危险活儿,党员先,队员后;老队员先,新队员后。规定虽然从来不成文,但已融入每名队员内心。这就是奉献精神得以薪火相传的最大秘诀。

对于野外出测的队员来说,什么是幸福?每天早上起来,能用热水洗把脸,吃个热饭;出测回来,能喝上一杯热水;测量任务顺利完成，心血没有白费……这，就是幸福。

2020珠峰高程测量，任务再次落到国测一大队肩上。感谢这次测量，让我有机会作为记录者，也作为参与者，到珠峰去，再次走进他们的生活、倾听他们的感受。

这几天，我电脑里反复播放着一首歌——《测绘尖兵之歌》："翻山越岭，横穿沙漠，四海为家，豪情似火，为测绘祖国的壮丽山河，测绘队员走遍天涯海角……"歌声悠扬，情感真挚。我仿佛从歌声中，感受到了测绘队员的爱国之心、奉献之情。

国测一大队展馆里的英雄墙

调研团在新疆与国测一大队队员交流

到拉萨街头走一走

3月26日是隔离的第九天。上午,我在房间休息,突然看到微信工作群里同事王少勇发的一条消息:"明天可以解除隔离了。"片刻后,群里一片欢腾,"喜大普奔"。王少勇是本次前期抵藏宣传报道团队的队长,承担了许多宣传报道协调工作。

事实上,我前几天就得知拉萨市调整了隔离政策,只要符合是从低风险地区来藏的人员,隔离满7天、满足无发病症状等要求,就可以提前解除隔离。但我来自北京,不属于低风险地区,要继续隔离。当时,酒店工作人员通知我们,随着隔离政策动态调整,隔离期可能会提前结束,没想到幸福来得这么突然。

一天后,我拿到了解除隔离通知书,和同事相约一起去逛逛。午饭过后,信步在阳光下的拉萨街头,有着一种不紧不慢的悠闲。打开手机导航,一路向西,走到布达拉宫广场。隔离时,远眺布达拉宫,成为我消解隔离苦闷的一种消遣,如今近距离看布达拉宫,更觉壮观。

布达拉宫依山而建,群楼重叠,殿宇嵯峨,雄伟壮观。宫殿的金顶在阳光照射下,熠熠生辉。广场上矗立着一个巨大的红色拱门,门楣上写着"欢度春节,藏历新年",仿佛在提醒我们,春节还没有走远。

我曾两次来过布达拉宫，爬过陡峭的台阶，抚摸过由白玛草夯实而成的白墙，走进一个又一个金碧辉煌的宫殿，但印象最深的还是在布达拉宫前跪拜的藏民。他们神色虔诚，一路磕着长头，一次又一次将身体扑在地面上，跪拜前行，笑容也格外动人。布达拉宫外，我又看到许多正在跪拜的藏民。在外人看来，这些人衣衫褴褛，难以理解，但也许这就是信仰的力量，有信仰的人过得再苦，内心也是幸福的。

走出布达拉宫广场，我们来到热闹的八廓街，在大昭寺附近的一家茶馆喝奶茶。进入八廓街前，工作人员对进入的民众一一测量体温，督促我们戴好口罩。

茶馆里灯光昏黄，仅有几个临窗的座位明亮些。今天并不是周末，但茶馆已经客满。许多身穿藏袍的当地人，神情悠闲，一壶奶茶，两三好友，谈笑风生。我们等了一会儿位置后，找了个大桌子坐下，一边喝茶一边聊天，感受拉萨的慢生活，不知不觉间就"浪费"掉了一个下午。

夕阳西下，我们走出茶馆。街头的年味儿依然飘香，人群熙熙攘攘，街边小摊上从糖果点心，到酥油花和羊头摆件，再到藏式门帘和经幡，应有尽有。

短短半天的闲逛，热闹的拉萨古城，拂尽了我隔离时积压的所有苦闷。但悠闲惬意总是短暂的，对于我们而言，要利用这段难得的时间，采购生活用品，做好各项准备。因为，前方是无尽的冰封雪裹、高寒缺氧的世界屋脊，是人类探索珠峰、突破自我的极限。

夜幕下的布达拉宫

我在拉萨八廓街街角

山，就在那里

3月30日清晨，拉萨迎来了又一场降雪，天空飘起片片雪花，雪域高原披上了一层"薄纱"，银装素裹，景色迷人。这几天，我接连收到几名专家的邮件回复，让我对2020珠峰高程测量有了新的认识。

6500万年前，青藏高原在板块碰撞中隆起，成就了珠峰的世界屋脊地位。但这座高峰的精确高度到底是多少，一直众说纷纭。

多份史料证明，世界上首次对珠峰进行测绘的是中国人。1715年前后，清政府从北京派出曾在钦天监学过数学的理藩院主事胜住等人，专程进入西藏测量，绘制了《皇舆全览图》。在这幅铜版地图上，明确标注了珠峰的位置，并定名为"朱母郎马阿林"。

19世纪50年代初，英属印度测量局在印度境内采用三角大地测量法对珠峰进行遥测，并公布8840米的数据，将珠峰确认为世界海拔最高峰。

20世纪上半叶，英国、瑞士、法国等国家多次对珠峰进行探险，未有高度数据公布。1952—1954年，印度测量局征得尼泊尔同意，把三角测量推进到尼泊尔境内，最后得出珠峰高程为8847.6米。

1975年，我国首次将测量觇标矗立于珠峰之巅，精确测得珠峰海拔高程为8848.13米；2005年珠峰高程复测，我国采用传统大地测量与卫星测量结合的技术方法，并首次在珠峰峰顶测量中利用冰雪雷达探测仪测量冰雪厚度，经过严密计算，测得8844.43米。

山，就在那里，测量者前赴后继。近30年来，各国科研人员均对珠峰高程测量进行了相关科学研究。有些科研人员利用卫星导航定位接收机测量的珠峰高度，通过简单计算就宣称获得了最新的珠峰高程数据。实际上，通过这种快速测量方式获得的珠峰高程测量结果，仅仅是一项科学研究成果，并不具备权威性。

珠峰处于欧亚板块和印度洋板块边缘的碰撞挤压带。长期以来，这一地区地壳运动非常活跃。特别是在2015年4月，尼泊尔发生了8.1级大地震。这次大地震后，珠峰到底高了还是矮了？

2020珠峰高程测量技术协调组组长、中国测绘科学研究院研究员党亚民在回复中说，纵观国内外研究成果，比较一致的看法是尼泊尔大地震使得珠峰高度降低了2.5—2.6厘米。但这些研究大多是通过临近珠峰的监测点获取的数据进行推算，或者通过卫星遥感方法获得，只是一种间接成果。因此，必须要在珠峰峰顶直接测量，才能准确确定该地震对珠峰高度的影响，获取珠峰最新、最准确的海拔高程。

党亚民说，2020珠峰高程测量将综合运用北斗/GNSS（全球导航卫星系统）定位、水准测量、光电测距、雪深雷达测量、重力测量、卫星遥感等测绘技术，精确测定珠峰新高度。在新技术方面，将体现出三大亮点：一是技术手段更加丰富。本次测量除了采用传统测量方法、卫星导航定位技术外，将引入航空重力测量、卫星遥感、北斗短报文通信等新技术。二是有望实现"数据突破"。本次测量包括航空重力测量、峰顶重力测量、峰顶周边地区重力加密测量等内容，将全面提升珠峰高程测量"起算面"（大地水准面）精度，获取历史上精度最高的珠峰高程测量结果。三是国产仪器显身手。本次测量采用的卫星定位、重力、超远距离测距等装备仪器以国产仪器为主，将体现出近年来国产测绘仪器装备不断提高的技术水平。

如今测量技术发展这么快，为什么还要人来登顶测量？专家表示，从技术上看，测量型无人机或机器人的能力尚无法完成登顶作业；精度上看，卫星遥感影像在高程方向的测量精度在2米左右，和大地测量厘米级精度要求比，差距较大，且这种手段只能测出雪顶高程，而非岩面高程；再者，珠峰峰顶并不是一个点，而是一个20多平方米的面，必须由人将觇标带上峰顶，才能确保目标点一致，精确测得角度和距离。因此，无人机、机器人等还无法代替人工，需要登顶作业。

精确测定珠峰高度，是一项代表国家测绘科技发展水平的综合性测绘工程，也是国际测量技术的竞技场。我国曾经于1975年、2005年两次对珠峰高程测量，完成这两次珠峰高度精准测量外业任务的均是国测一大队。

2015年是我国首次成功测定珠峰高程40周年。2015年5月，国测一大队6位老队员、老党员用攀过珠峰的手，写信向习近平

珠穆朗玛峰

总书记汇报。同年7月1日,习近平总书记回信,充分肯定他们爱国报国、勇攀高峰的感人事迹和崇高精神,对全国测绘工作者和广大共产党员提出殷切希望。

"总书记的回信,饱含着对老党员的深情和关怀,为我们提出了明确要求和谆谆嘱托,指明了前进方向和奋斗目标,让大家感到非常光荣和自豪,极大地激发了干事创业的激情。一大队每名干部职工、每名共产党员都深刻认识到,要'不忘初心,方得始终',要'忠诚一辈子,奉献一辈子'。"2010—2016年,肖学年担任国测一大队队长。

如今,珠峰高程测量的"接力棒",交到年轻队员手上。虽然已经调离国测一大队,肖学年仍十分关心本次珠峰之行。那里有他的老同事、老队友和为之倾注的感情。

"珠峰测量是党和国家交予的光荣使命,是考验我们攻坚克难的勇气和技术能力的重要时刻。希望本次珠峰测量的精度尽可能再高一些、采集的数据尽可能再多一些、技术创新能力体现得再强一些。"谈及本次珠峰测量任务,肖学年信心满满,"相信参加珠峰测量任务的队员们会像以往面对急难险重任务一样,一定能够克服艰难险阻,圆满完成任务。"

国产仪器担重任

4月5日清晨,我被窗外的美景吸引,雪花飘飘洒洒落下,天地间笼罩着一层薄薄雾气,呈现出一派灰白色。一株株蜡梅悄然绽放,花开满枝,微风拂过,暗香浮动。

上午9点半,2020珠峰高程测量出征仪式在西藏自然资源厅举行。来到会场时,漫天的雪花变为蒙蒙细雨,测量登山队员身着红色冲锋衣,在五星红旗前庄严集结,整齐列队。

由于疫情原因,自然资源部分管领导没能赶到现场。仪式上,自然资源部国土测绘司副司长陈军宣读了自然资源部领导的寄语。上海华测导航等国产测绘仪器厂家向国测一大队赠送了全球导航卫星系统(GNSS)仪器。测量登山队员齐声宣誓,表达必胜的决心。仪式结束后,他们接过洁白的哈达,兴奋地竖起大拇指,合影留念、拥抱告别。

出发时刻已到,队员陆续登车。越野车的发动机阵阵轰鸣,车身上贴有巨大的"2020珠峰高程测量"标识。车队齐头排开,头车率先出列,一马当先。队员们放下车窗,挥手致意。后车陆续出发,一字跟进。在我们目送中,车队浩浩荡荡地向世界屋脊挺进。

自然资源部宣教中心副主任陈兰芹是本次珠峰测量第一阶段宣传报道前方负责人，头一天下午刚到拉萨。仪式结束后，她召集前方宣传组成员开会，强调宣传纪律，商议下一步工作计划。按照计划，再过几天，我们也将踏上征程，前往珠峰脚下的定日县驻扎。

我在会上得知，为了保障前方宣传报道，陕西测绘局派遣了5位年轻同志负责宣传保障，分别是陕西局所属第二地形测量队的副队长席科、周磊，大地测量数据处理中心的赵润佳、第一航测遥感院的田超、第一地理信息制图院的王峰。后来发现，幸亏有他们的帮助和协调，我们的珠峰之行才能如此顺利圆满。

2020珠峰高程测量的一个重要技术创新与突破，是首次在珠峰峰顶开展北斗卫星定位测量，实现北斗卫星导航系统在极寒、低压环境高精度定位的应用。其中，在峰顶使用的GNSS接收机，就是由上海华测导航研制。下午，我和上海华测导航副总裁胡炜相约，了解了一些GNSS接收机研发的故事。

"河汉纵且横，北斗横复直。"自古以来，北斗七星就是中国人辨明方向、把握时节的标志。本次珠峰高程测量，国产设备担当重任。相较以往珠峰测量，本次珠峰峰顶之上，队员们将使用国产GNSS接收机测量，获取中国北斗、美国GPS、俄罗斯格洛纳斯、欧洲伽利略的卫星信号。2005年，我们获取的只是单一的GPS数据。

2019年，华测导航接到任务后，立即抽调公司技术骨干成立项目团队，负责测量任务对接。他们在环境适应性、安全性、可靠性等严格测试基础上,选择北斗高精度接收机 P5 为基础,对其硬件设置与配套软件进行了改装升级。

在极端环境下开展测量作业,对 GNSS 接收机的技术性能提出了很高要求。尤其是在珠峰峰顶作业,设备必须要轻便、操作简易,让队员们戴着厚重的手套、身体处于缺氧状态时也能完成设备操作。

胡炜举例说,从主机和天线的元器件到配套的线缆、工具配件,技术团队选用了高质量等级宽温产品,专门定制了耐低温锂电池;天线线缆选用耐低温材质,确保低温条件下线缆不会开裂、信号传输不会衰减;优化防水透气阀设计,使设备内外压力一致;针对珠峰峰顶特殊的工作环境,取消了设备开机人工操作程序,可自动进入预定工作模式;减少主机原有功能接口,所有接口全部针对本次测量任务设计,优化现场操作流程。

经过反复试验、层层筛选,技术团队对设备的关键试验项进行了多次检测,最终通过国家光电检测中心的严苛测试:设备在 30 千帕低气压、零下 55 摄氏度环境下,可低温贮存 48 个小时;在零下 45 摄氏度环境下,可正常工作 24 个小时。

即便如此,面对瞬息万变的珠峰天气,谁都无法保证国产仪器在峰顶不会出现意外,毕竟国产仪器还从未在珠峰峰顶使用过。一切悬念,只能等到成功登顶那天才能揭晓。

队员在仪式上戴上哈达

出征仪式现场

羊湖伴我行

4月10日，收拾好行囊、打扫完房间、留下一封感谢信，我轻轻地关上了房门，与这个拉萨的"家"告别。今天，我们前方宣传组要赶赴珠峰脚下的定日县，开启一段新的旅程。

我们住的酒店位于一个五岔路口上，周边是繁华的商业街，平常人声鼎沸，非常热闹，隔离时我经常被吵闹得休息不好，如今到了离别的时刻，不禁还有些不舍。

登车前，我在车头架设了一台运动相机，录制了一段延时视频。视频中，周围车辆川流不息，繁华的街区快速转变为街边零星的小店，宽广的马路逐渐被崎岖的石子路所替代，周围的场景如同按下了加速键。

这一天的行程是从拉萨到日喀则。一路上，山崖陡峭，石砾遍地，间有稀疏草甸，点缀其中。视野尽处，蜿蜒的山脉，覆盖着层层积雪，如同一条白色的巨蟒，逶迤行进在雪域高原之上。

途中，我们绕路去了一下羊卓雍措。羊卓雍措的藏语意为"碧玉湖"，位于雅鲁藏布江南岸、山南浪卡子县境内，和纳木措、玛旁雍措并称西藏三大圣湖。羊湖是高原堰塞湖，大约亿年前因冰川泥石流堵塞河道而形成。

初遇羊湖,她像是一位窈窕的人间仙子,静静地躺在山谷里,妩媚华丽不张扬,少了一份拉萨的喧嚣,多了一丝山间的清净。蓝天下,周围高山的倒影映射在湖面上,犹如一幅迷人的油画。

远处,天地一线,乌云翻滚,雨雾绵绵。虽然听不到雨声,但能看到滚动的乌云正向着湖边靠近,平静的湖面荡起一阵阵涟漪,碧绿的湖水逐渐变成墨绿色,让我有一种置身画中的错觉。

盘山公路非常狭窄,错车时要非常小心。每当我们翻过一个垭口,转过一个弯道,好像离羊湖远了,看不见湖面了,但拐个弯就又重新走到了一起,碧绿的湖水总会在不经意间闯入视野。她用这种默默的陪伴,舒缓了我们行驶在狭窄盘山路上的紧张感。

一个多小时后,我们驶离了羊湖。回头望去,蓝天白云之下,湛蓝的湖泊被重重山丘割裂成了零星小块,如同点缀在山间的碧玉。

卡若拉冰川位于西藏浪卡子县和江孜县交界处。途经海拔5000米的卡若拉山口,我们下车稍作停留。

卡若拉冰川背靠乃钦康桑峰(7191米)南坡,冰川上部为坡度较缓的冰帽,下部为冰舌,是西藏三大大陆型冰川之一。远望卡若拉冰川,巨大的冰舌从山顶一直伸展到离公路只有几百米的路边,晶莹幽蓝,寒气逼人。山峰之上,云雾缥缈,积雪依稀。山脚下,藏民用于祭祀的经幡,随着微风,翩翩起舞。

黄昏时分,我们来到日喀则,找到一家宾馆住下。赶一天的路,但我并不疲惫,甚至有些兴奋。一路上看到的高原湖泊、冰川等,像是珠峰的一份见面礼,预示着我距离她,近了,更近了。

路过羊卓雍措

路上拍摄的钦康桑峰

山脚下的小城

日喀则市定日县,这座平均海拔4300米的小县城,因坐落于珠峰脚下而闻名,是登山爱好者重要的物资补给中转站。这里的藏民有着为登山者提供牦牛运输物资、在珠峰脚下经营旅游帐篷的传统。

4月12日,从沉睡中醒来,看看手机,早上6点钟。坐起,晃晃脑袋,居然不疼了。赶紧下床,走了几步,神清气爽。窗外,天空飘着雪花,五彩斑斓的经幡迎风招展。多项事实证明,我至少适应了4000米海拔的状态,头已经不疼了。

从拉萨市出发,一路向日喀则市定日县行驶,身体不适时常袭来,特别是在翻越海拔5000米以上雪山时,头痛、头晕、恶心、呼吸困难等高原反应,对于刚到高原的人,可谓对身体、意志的双重考验。

我们住在定日县协格尔镇上的格桑花大酒店。这是一幢新修的赭红色楼房,建筑上装饰着藏族经典的梯形檐口和窗楣。前期抵达的国测一大队队员转遍了镇上的宾馆,最后选择将这里作为珠峰脚下的"大本营",我们自然也住在这个宾馆。

定日县昼夜温差大,气候异常干燥。酒店的房间里没有空调,取暖只能依靠一个电暖气。白天日照充足时,房间里能达到20多摄氏度,晚上就会降到零摄氏度左右。入住后,我一改在晚上睡前洗澡的习惯,改在中午洗澡,就是为了预防感冒。

下午,我和几名同事相约去县城里的邮局买珠峰明信片。以前在珠峰大本营有一个"珠峰"邮局,每年5—10月开放,但受疫情影响已经临时关闭了。因此,游客要想购买珠峰明信片,特别是要盖"珠峰邮局"的邮戳,都要在定日县邮局办理。

受疫情影响的不只是邮局。协格尔镇紧邻著名的318国道,是去珠峰大本营的必经之路。镇上有几家小超市、川味饭馆、兰州拉面馆。听说每年进入4月旅游季,来这里的车辆就逐渐多了,生意很好。但受疫情影响,我们到的时候,街上难得见到外地人,生意较为惨淡。

走在定日县城,经常可以看到警察巡逻,有时还会查问我的身份信息。途经县政府时,写着"热烈庆祝定日县两会召开"的横幅映入眼帘。我恍然大悟,原来这几天定日县正在开"两会",怪不得安保措施这么严格。

在邮局边,我跟一名正在街上巡逻的警察攀谈起来,没想到我俩还有些渊源。我的大学位于江西省九江市,这名警察的老家也在九江,距离我上学的地方很近,毕业后分配到日喀则市公安局工作。他告诉我,受疫情影响,最近定日县很少有外地人前来,我们身穿颜色鲜艳的冲锋衣,分外显眼,配合询问也就是情理之中了。

夕阳西下,我们回到协格尔镇。大桥下,珠峰上流淌下的雪

定日县城一角

水化成蜿蜒的河流，静谧而不歇地涓涓流淌。一群黑色的牦牛散落在河道附近，或低头吃草，或抬头疑惑地看着行人。街边，饭馆的烟囱冒着薄烟，门口停放着几辆越野车，两个藏族孩子在门口奔跑嬉戏。远处，天空中一缕金色的霞光，挣扎着透过厚厚的云层，斜射在河面上，天地融为一体，极为绚丽。珠峰，这个素未谋面的朋友，我们即将要见面了。

牦牛在悠闲的吃草

县城周边的牦牛

"终于见到你,珠峰"

4月17日,经过几天休整适应,我们早上9点不到就出发奔赴珠峰大本营了。车开出县城没多远,就是曲折的盘山路,蜿蜒、向上。10点钟之前,加乌拉山口到了,太阳正缓缓露出头,黑沉沉的天幕逐渐放亮。凭窗远眺,远处的雪山渐次排开,昂首天外,淡黄色的晨曦为绵延不断的山峦镶嵌了一道金色的边沿。

途经加乌拉山口观景平台,我们停车稍作休整。加乌拉山口是前往珠峰大本营必经的一个垭口,海拔高度为5210米。资料显示,在珠峰周围,海拔7000米以上的高峰就有40多座。在这个平台上向远处眺望,可以同时观赏到4座8000米以上的高峰,从左向右依次是玛卡鲁峰、洛子峰、珠穆朗玛峰、卓奥友峰。站在平台之上,还真有"一览众山小"的感觉。

从加乌拉山口到珠峰大本营的路很难走。仅是那弯来拐去的"108道拐",就像是挂在悬崖峭壁上的"天路"。我们的车行驶在蜿蜒的盘山路上,一会儿朝左,一会儿朝右,来回转弯,周而复始。

翻过"108道拐"后,便抵达了一个检查站。一般而言,游客到这里就需要换乘电瓶车才能前往绒布寺。这是为了保护珠峰生态环境采取的举措，不允许游客开车进入。我们乘坐的车辆已经在当地政府、保护区管理局报备，得以顺利通行。

在距离绒布寺几百米的地方，我们再次接受检查。到了这个检查站，游客就要止步了。当地政府在这里竖立了珠峰高程测量纪念碑和珠峰大本营石碑，供游客合影留念。

绒布寺依山而建，素有海拔最高的寺院之称。寺院脚下有一条绒布河，是由珠峰的东绒布冰川、中绒布冰川、西绒布冰川部分泉水汇集而成。抬头仰望，在珠穆朗玛峰的映衬下，白色的佛塔、高高的玛尼堆、金黄的转经筒、彩色的经幡，相映成趣，格外醒目。当时，绒布河已经开化，只有少量的冰雪覆盖在河边石头上，清澈见底。我走到河边，撩了一下河水，刺骨的冰冷冻得我下意识地缩了一下手。

接受完最后一次检查，我们驱车向前。与之前平整的马路不同，前方是一眼望不到边的"搓板路"。我们连续爬了好几个大坡，路面上满是石子和冰雪，再加上天冷风大，行车要非常小心。

又经历了半个小时的跋山涉水，我们终于抵达了海拔5200米的珠峰大本营。此时，厚厚的云层已经淡了，珠峰峰顶不时展露出来。我心中默念着——"终于见到你，珠峰"。

大本营位于珠峰脚下的一个山坳，满眼尽是乱石滩。前期抵达的队员已经搭好了许多不同颜色的帐篷，不同的颜色区分不同的营地——登山队、测量队、商业登山队等。国测一大队的帐篷并不起眼，是军绿色的。

走进帐篷，里边有一个桌子，七八张床铺，一个电暖气，地

"108 道拐"

面上铺好了地毯,但走在上面仍然硌得慌,毕竟脚下都是石子。我们顾不上休息,抓紧把行李放好,去食堂吃饭。在大本营,一日三餐有严格的时间规定,过时不候。

初到大本营,我们不敢剧烈运动。虽然从拉萨一路循序渐进适应过来,但真到了珠峰大本营,反应还是加重了:心慌气短、身体疲乏、没有胃口,脑子也越发不听使唤。下午,我在帐篷中休息,同行的队友拿来抗高原反应的药,叮嘱道:"放轻松,别剧烈运动,会有缓解。"

傍晚,天空飘起了雪花。夜幕笼罩下的大本营灯火通明,随处可见忙碌的身影。大家情绪都不错,身体不适渐渐缓解,互相打打招呼,报个家门,聊聊天,慢慢地熟悉起来。我也是忙到半夜方才入睡。这是在大本营的第一个晚上,于我,一段新的征程,已然开启。

远眺珠峰

我在珠峰大本营的帐篷

大本营的初体验

老测绘队员说："珠峰的狂风能吹跑人。"这话一点儿没错，自从我们到珠峰大本营以来，狂风几乎就没有停止过，昼夜相伴。

刚到珠峰的第一晚，强劲的狂风裹挟着雪粒降临大本营，摧枯拉朽，横扫一切，给队员们来了个"下马威"。大家所居住的帐篷，"不争气"地在风中战栗着。我的床位正好对着帐篷门口，能清晰地感觉到床在晃动。帐篷被狂风吹得嘎吱作响，如泣如诉的风声，让人实在难以入眠，漫漫长夜，我在半梦半醒中度过。

4月18日早晨，当我醒来时，窗外依旧是狂风呼啸，碎雪横飞。大本营本已冰雪融尽，重又披上一层"银装"，道路冻结，连山脚下的小溪也被冰雪覆盖。

大本营位于一个峡谷平原，四周是倾斜陡峭的山棱，一旦大风俯冲下来，便会顿时狂风大作，一场大风雪就这样产生了。在5200米的高原，这种大风尤为剧烈频繁。

没有什么感受，比切肤之痛来得更为直接。一走出帐篷，我就感觉被风吹得睁不开眼，虽然戴着眼镜，但丝毫挡不住狂风的侵袭。雪粒像石子一样打在脸上，迎着风不一会儿，就感到呼吸不畅，鼻尖、手指逐渐失去了知觉。远处，风雪交织在一起，仿

雪后的珠峰大本营

佛一条在地面蜿蜒爬行的巨蛇，遇到障碍物就会腾空而起。大本营四周的高山顶峰，常常冒起阵阵"白烟"。

　　风雪虽猛，总会停歇，最叫人难以忍受的是无处不在的紫外线。中午，大风逐渐停息，太阳露出了"笑脸"。在炙热的阳光照射下，室内温度快速升高，越来越闷，看了一眼温度计：25摄氏度。我们纷纷脱掉厚重的外套，如果不是身在大本营，都感觉不到这里是珠峰。

　　走出帐篷，刺眼的阳光照在冰雪表面上，再反射回来，叫人难以睁眼。再加上珠峰大本营高原缺氧，紫外线强烈。为了避免晒伤、雪盲，我们用帽子、面罩、墨镜把头部全副武装起来，然而代价是走一会儿路就热得满头大汗。

大本营下起冰雹

走在雪地上，积雪很松软，踩雪时会陷得很深，一不留神就有积雪灌入，在鞋内很快融化，又湿又冷。一天内，鞋里的袜子经常是湿了又干、干了又湿。

好天气并没有持续太久。当天下午，太阳就钻进了云层里，熟悉的大风卷土重来，云层低垂、气温骤降。傍晚时，气温已降到了零摄氏度左右。

"外面下雪了！"有人喊了一声。飞雪飘飘下了一夜，仅仅一天时间，我就经历了从春天向冬天的转变。入夜，窗外漆黑一片，嘶吼着的狂风像一头奋力挣扎的怪兽，没有停歇的迹象。不过经过之前的折腾，我们已经习惯了这种声响与晃动，伴着狂风的怒吼入眠，又伴着狂风的嘶吼醒来。

在大本营驻扎的这段时间，我们也发现了一些狂风"作息"的规律——下午至夜里风力最大，清晨至午间风力稍小。于是，我们便将作息时间调整为上午集中精力工作，下午或晚上在帐篷里躲风。

高冷的"第三女神"

珠穆朗玛,世人敬仰。想来的人很多,但如愿的机会极少。

珠峰大本营,位于珠峰脚下的一条山坳之中,是登山者从珠峰北坡攀登的必经之地。每年登山季,只有极少数登山爱好者经过严格审批,从珠峰大本营出发攀登珠峰。

这几天,我经常眺望珠峰。终年积雪覆盖的珠峰山顶,在阳光照耀下,银光四射。山腰处,云卷云舒,云浪汹涌,宛若热浪蒸腾。在高耸入云的珠峰映衬下,飞鸟在空中翱翔,仿佛是用炭笔画出的一道黑线。

我曾看过一个关于珠穆朗玛名字由来的传说。很久以前,珠穆朗玛峰所在的位置是一片汪洋大海,岸边有一片茂密的森林,动物们在这里栖息繁衍。一天,一条巨大的五头毒龙游上岸,搅起了万丈浪花,淹没了整个森林。原本在这里生活的动物们东躲西藏,躲避灾祸。正当大家走投无路时,天空中飘来了五朵祥云,五位仙女站在云彩上施展法术,降服了毒龙。

眼见仙女们准备离去,动物们苦苦哀求,请求她们留下,继续为众生谋福。五位仙女发了慈悲之心,同意留下来。随后,仙女们"喝令"海水退去,将东边变成了茂密的森林,西边成为万顷良田，南边是花草茂盛的花园，北边是宽阔的牧场。

五位仙女变成了喜马拉雅山脉的5个主峰——珠穆朗玛居中，为翠颜女神，其余四位分别是为祥寿女神、贞慧女神、冠咏女神、施仁女神，司掌福运、农业、财富、畜牧。其中，翠颜女神峰就是仙女中"三妹"的化身，当地民众称她为"珠穆朗玛"，意为"第三女神"。

现实生活中，这位"女神"很"高冷"，不易"亲近"。在我们营地向西一公里处，有两个小山坡。北边的山坡上，竖立着珠峰高程测量纪念碑，石碑上书写着"8844.43米"。南边山坡上是登山遇难者墓地。20多个墓碑错落有致地排列着，石碑上镌刻着遇难者的名字。他们为攀登而来，却永远消失在珠峰巨大的山体之中。简陋的墓碑下，只有遇难者的生前衣物，有些人的遗体至今还留在珠峰上。

回想60年前，王富洲、贡布、屈银华这三名平均年龄仅有24岁的勇士，从西方登山者眼里"连鸟也无法飞过"的珠峰北坡登顶，成就了中国人首登珠峰、人类首次从北坡登顶珠峰的壮举，确实令人崇敬。8800多米的高海拔环境，山体上变化无常的天气，无时无刻不考验着登山者攀登珠峰的勇气和意志。

巍巍珠峰，成就了世人登顶世界之巅的梦想，也需要人们回报守护。多年来，随着登山运动普及和人类活动增加，原本生态就十分脆弱的珠峰，环境承载力正逼近极限。

为保护珠峰，我国设立了世界海拔最高的自然保护区——珠穆朗玛峰国家级自然保护区。我们所在的大本营就位于珠峰保护

珠峰自然保护区石碑

区内，营地里的垃圾处理、用水等均不能迈过环保"红线"。

在我们营地边，几个橙色集装箱格外引人注目。它们是"餐厨垃圾厕所单元""全闭环生活污水处理单元"等。其中，生态厨余机系统可处理餐余垃圾，降低环境污染。"全闭环生活污水处理单元"可满足每天200多人次的污水处理需求，做到营地污水零排放、水资源循环使用。

我们使用的厕所采用环保型材料建造，粪便被干粉式除臭剂加速降解后，再运往附近的扎西宗乡，成为村民的农家肥。每个帐篷里都摆放垃圾桶，大家自觉把垃圾丢到桶里，不允许随意丢弃垃圾，队里甚至要求登山队员要携带尿壶登山。这一切，都是为了保护珠峰环境。

在大本营的这段日子，我经常在营地边看到岩羊、雪鸡在平坦的雪地上，三五成群，悠然觅食。它们见到路过的人，也不害怕，反而盯着你看。傻乎乎的样子，如同传说中的东北神兽"傻狍子"。也许就是人与自然该有的样子，两者不是征服与被征服的关系，而是一对和谐共生的朋友。

珠峰高程测量纪念碑

遇难者纪念碑

二本营上的故事

这几天,我们逐渐适应了珠峰大本营的高海拔环境,大家情绪高涨。4月19日,晚饭时,我们商量一定要到二本营去一下,去看看在那里生活的交会点测量队员。

二本营位于海拔约5300米处的珠峰山腰处,是登顶珠峰的必经之路。为方便各个交会点的队员补给休整,队员们在这里建立了一个前进营地。前段时间,在二本营附近执行任务的队员最多时有53人,他们都生活在那里。

第二天上午,我们吃完早饭,收拾好随身物品,起身奔赴二本营。从大本营出发,要走两个多小时的"牦牛路"。说是"牦牛路",是因为这里坑坑洼洼、沟壑遍布,仅有一条山间小路,汽车无法到达,所有运往二本营的设备和物资,全凭牦牛驮、队员扛。

这段时间,珠峰地区的气温逐渐升高,原本被冰雪覆盖的山峦裸露出无数砂石。行走在山间小路上,地面上一片怪石嶙峋,仿佛置身于茫茫戈壁,路边星星绰绰的枯黄小草格外显眼。

随着海拔的一路攀升,山间小路也越来越窄,有时一个人通过都很费劲。我们要双手扒着石头,小心翼翼地迈步。小路两旁,一边是数十米深的山沟,一边是亘古不化的冰川。途中,我们休息了四五次,一个个都累得双腿好似灌铅,气喘如牛。

两个小时后,当我们再一次翻过一个山坎时,突然看到前方出现了一面红旗,二本营到了。二本营位于一块空地上,有两顶军绿色的大帐篷,大帐篷边是一个个黄色的小帐篷。大帐篷是厨房和存放仪器的地方,小帐篷用于队员住宿。

走进一间大帐篷,在不足20平方米的帐篷里,厨房占据了三分之一的空间,紧挨着厨房固定着几张长方形木桌。抵达二本营时,正值午饭时间,队员们知道我们要来,一直在等我们开饭。大厨刘泽旭很热情,给我盛了一碗萝卜汤,我俩坐在小马扎上,边吃边聊。

"在这里喝碗萝卜汤,不容易呀。"我之前听说,由于二本营的低温容易使蔬菜冻坏腐烂,新鲜蔬菜几天就会冻成"冰疙瘩"。因此,二本营配备的蔬菜量极为有限,补给的食材主要是肉类和一些耐寒的蔬菜。

"我们用几块石板搭了个'天然冰箱',食品保存的效果格外好,新鲜蔬菜基本没断过。"刘泽旭是"80后",本是一名国测一大队的队员。这次珠峰高程测量,他被安排在二本营客串大厨。

聊天中,我得知刘泽旭是一名"测三代",爷爷、父亲都是国测一大队队员,从小在一大队的大院里长大。原本,他应该在家庭的熏陶下"子承父业"。但是,刘泽旭不甘心,总想着去外边闯一闯。

2003年,刘泽旭第一站来到北京,工作是厨师,愿望是学点手艺。慢慢地,他有了收入,但只身漂泊在外,心里总感觉不

通往二本营的路

踏实。

一年多后,他辞职入伍,成为一名陆军战士。他直言自个儿生性"爱跑",原本可以在老家附近的西安临潼入伍,但他还是想去远一点儿,最后选择到了西藏拉萨,干的还是老本行——炊事班。

退伍前夕,家人告诉他一个消息:"国测一大队在招人。"这一次,刘泽旭心动了。他说,面试后,觉找到了真正追求的生活,真正回到了"家"。

可是,工作的苦超出了他的想象。有一次,刘泽旭在深山执行测绘任务,山里下起了大雨。按照作业要求,他们要在山里坚守五天五夜。饿了,他只能买老乡家的白菜用清水煮着吃。冷了,

牦牛驮着物资路过二本营

二本营全貌

只能找些废纸箱垫在地上睡,一晚上被冻醒几次是常事。

在外人看来,测绘队员的工作很潇洒,在野外可以看到许多人看不到的风景。但他们心里清楚,茫茫戈壁、雪域高原不只有壮美的景色,还有漫天的风沙和难以言表的苦楚。

"奶奶去世时,父亲在西藏出测。他接到电报时,奶奶已经火化15天了。"刘泽旭说,父亲出生时爷爷出测没在身边、自己出生时父亲出测没在身边、自己大儿子出生时自己也是出测没在身边,亏欠家人是他们三代测绘人心中永远的痛。谈及家人时,刘泽旭有些凝噎,摆了摆手,转过头去,眼角泛起泪光。

这样的故事,在国测一大队还有很多。这次珠峰测量期间,有一名国测一大队队员的父亲过世了,他也是没有办法赶回去料理后事,而他的父亲也是国测一大队的队员。

前段时间,珠峰地区风和日丽的时候少之又少,队员们经常遭遇暴风天气。在这样的自然条件下,为完成测量任务,队员们吃饭只有"见缝插针""看天行事",通常要带上巧克力、饼干等"路粮",随时补充体力。

遇到狂风来临时,队员们返回营地休整。只要风力减弱,无论白天夜晚,抓紧时间到野外继续工作,队员们经常吃"晚餐"时已是凌晨时分。不规律的作息和饮食,让不少队员的生物钟都紊乱了。

天色渐暗,几个小时不知不觉间就过去了。返程还需要两个多小时,我们必须下撤了,否则天黑了,再走山间小路会有危险。离开时,二本营的队员们把我们送出了好远,使劲挥手道别。

返程途中,我心里始终回味着聊天中队员的一句自嘲:"远看像拾破烂儿的、近看像要饭的,证件一掏,哦,搞测绘的。"其实,没有人想吃苦,而是特殊的工作性质决定了他们必须不怕吃苦,否则无法完成任务。也许这就是有价值的生活,有价值的生活很充实,有理想的人生很幸福。

"谁不黑谁惭愧"

4月21日清晨,天空下起了大雪,雪落风起,相互造势,一波又一波地涌向营地,帐篷被风雪吹得不停颤抖,嘎吱作响。大本营外,白茫茫一片,让人不知身在何处,路在何方。天际线尽头,已分不清哪里是天、哪里是山。

天气预报显示,未来几天天气将更加恶劣,为确保安全,大本营和二本营的大部分队员下撤到定日县休整,在珠峰地区周边进行GNSS测量和交会模拟测量。

在定日县,我见到了几位"80后"队员。前段时间,他们刚刚完成了6个交会点测量的前期准备工作,只待测量登山队员登顶立起觇标,合力测定珠峰新"身高"。

见到交会组队员时,他们身着红色队服,黝黑的面庞上总是笑盈盈的,稚气未脱的眼睛,显得格外清澈。

看着他们的样子,很难让人联想到他们刚在海拔5300米以上的珠峰作业点坚守了半个多月。

"测量任务对你们的生活没影响吗?"我问。

"高寒缺氧、荒无人烟,测量点都在海拔5200米以上,设备都是手提肩扛,衣服上的汗能结成块,只有茫茫的雪山、稀薄的空气相伴。这种环境下，说不难熬是假的。"

队员们所言非虚。为了准确测定珠峰高程，测量登山队在珠峰周边设了 6 个交会点位。为了与 2005 年珠峰高程测量数据进行比对，这 6 个点位大多是使用过的交会点。第一个点位于大本营，海拔约 5200 米，其他点位都在海拔 5200 米以上。

寻找这些点位是一项非常艰辛的工作，自从 4 月中旬交会组入驻珠峰后，大家就兵分几路，去踏勘这些交会点。

一天清晨，李锋和一位队友背上仪器，从海拔 5200 米的营地出发，向中绒布交会点位进发，到了海拔 5000 米，大气含氧量只有内地的 70%。人即使不工作，也如背负 30 公斤的重物。队员还要背着几十斤重的仪器，加上坡陡路滑，一不小心就会滑下冰川。

走了 4 个多小时山路，两人到了中绒布交会点。但李锋发现，原来的点位已经找不到了。这个交会点位于冰川之上，一直在移动变化。此时，天色已晚，两人又没携带帐篷，无奈只能原路返回。

"完不成任务是不行的！必须查清找不到点的原因，是山体滑坡、人为破坏，还是没有找到。如果是没有找到，还要接着找。后来，我和队友又跑了一次中绒布，重新布设了点位，完成了任务才回到营地。"李锋说，类似的事情不止这一个，在国测一大队有个传统，交办的任务必须完成。

伴随着艰巨任务而来的奔波，不是他们所要克服的唯一困难。

"高原缺氧、环境艰苦、往返奔波……对任何一个参加珠峰高程测量的人来说，都是必须承受的考验。"田锋说。

田锋的任务是在海拔约 5700 米的"Ⅲ 7"点进行交会测量。

这个交会点与其他点位不同，位于一个陡坡的平台之上。田锋和队友李科到了才发现，原本较大的平台已经被碎石子埋得不成样子，所幸点位保存较为完整。为了完成任务，他们就地搭建了帐篷。

"我们把石头垒起来压着帐篷，睡觉都不敢乱动，生怕一翻身，就掉下去了。"田锋说，这些因素都会在无形中消耗掉比平常外业测量大得多的精力。

作为田锋搭档的记录员，李科负责及时准确记录数据，保证数据的现势性。一旦田锋在读取数据时差值较大，李科将依据作业指导书，及时提醒他重新观测。

"那个点位的坡度非常大，再加上高原缺氧、风雪交加，干活时头都是蒙的，下来时腿都不会拿弯了。"李科说。

在交会点，累得腰酸背痛的不只李科一个。

"东3"点是本次珠峰高程测量海拔最高的交会点位，约6000米。

"我和队友先要爬到海拔约5800米的营地睡一晚，再从该营地走4个小时才能到交会点位。"回想起第一次去"东3"点的经历，王战胜感慨万千，"我们途中要过一个深谷，必须把绳子绑在石头上，顺着绳子向下爬，下到冰塔林后，再走几公里，爬一道约100米高的山棱，才能找到点位。"

那次从"东3"点回来，高原缺氧加上往返奔波，导致王战胜腰酸背痛、全身冒汗，一屁股坐在雪地上，不停地喘着粗气，腿脚再也不听使唤，有种"死也不想挪动半步"的感觉。

珠峰上的自然环境恶劣，但更多危险还是来自天上的暴风雪和脚下的"陷阱"。

程璐和薛强强的岗位在西绒布交会点。从二本营出发，这段路单程要10多个小时，蜿蜒在海拔5300多米的雪山之间，山上陡坡常常达七八十度，途中要经过正在融化的绒布河和一条河谷深沟。

4月16日，第一次去西绒布查点。当他俩刚刚翻过一个深沟，赶到交会点山脚时，听到领导在对讲机中呼叫："你们到哪儿了？快变天了！"

"估计再有一个小时就能爬到了，让我们上去吧！"历尽艰辛爬到山脚，薛强强不甘心，还想再坚持一下。

"不行，时间不等人，立即下撤！"无奈之下，他们按照要求下撤，原路返回二本营。

薛强强回忆说："幸好当时下撤了，回来的路上风雪交加，寸步难行。后来，我们再去那个点位，从山脚爬上去的时间，比预估多用了一个小时，再加上查点和返回时间，如果当时不是立即下撤，后果不堪设想。"

茫茫雪山上，脚下的"陷阱"比暴风雪更危险。绒布河是二本营去西绒布交会点的必经之路。4月的冰河逐渐开化，河面看似冻结，实则暗流涌动，冰面之上是数不清的冰缝，冰缝之下，是冰冷刺骨的河水。

"冰缝隐藏在皑皑白雪之下，在阳光的照射下，光凭眼睛根本无法分辨，我们每次过绒布河，都要拿着登山杖，一点点试探着向前挪动。"程璐说。

"不能扯后腿。"这是聊天中队员们说得最多的一句话。

交谈中，我深感测量队员的纯朴与可爱。他们黝黑的皮肤、坚毅的神情，构成了珠峰之上独特的风景。

珠峰上，烈日似火、狂风如刀。战烈日、斗狂风、抓测量，队员脸庞黝黑发亮，皮肤被晒脱了皮；工作服湿了干、干了湿，结出了厚厚的硬块。这种艰苦，外人是难以体会的。

黑皮肤是队员的"标配"。初到珠峰没几天，队员们被晒成了清一色的"珠峰黑"。"谁黑，意味着谁工作刻苦。"队员们说，"珠峰黑，测量队员独特的美。谁不黑谁惭愧！"

在交会点搞测量，大家最常吃的，是易储存的土豆和冻肉，喝的是夹着沙子的雪水，鲜绿蔬菜是"香饽饽"。由于营养不均衡，队员们的"多发病"是口腔溃疡。

有一次，薛强强和队友在交会点位作业。携带的淡水不够了，他们就烧雪水喝，但雪里全是沙子，只能喝一口吐半口。下去时，大家来不及烧水，一壶水七八个人分着喝。走到冰塔林时，薛强强渴得不行，就随手抓冰块啃了起来，可冰块难以解渴，也只是润个嘴唇。

"不觉得苦吗？"我问。

"苦。没有人是超人。"薛强强认真想了想说，"但我们把它看成一段难得的人生经历，一辈子有机会经历这些的人，不多。再说，祖国选咱们测珠峰，心里总有一种被托付使命的光荣，苦日子也不觉得苦了。"

交会组进行测量作业

我在采访 GNSS 测量

赴一场星空的"约会"

5月2日,珠峰地区天气逐渐好转,交会测量组队员重返珠峰,全力做好交会测量各项准备。珠峰一改往日的大风大雪,雾气朦胧,晴空万里,暖风微醺。晚上,月亮害羞地露出了"微笑",星汉灿烂。

此后几天,我经常顶着寒风,钻出帐篷,仰望星空。身处海拔约5200米的珠峰大本营,四周没有城镇的灯光干扰,偶尔有一颗流星划过天际,顿觉银河触手可及,又感受到个人在大自然中是如此微不足道。

"一闪一闪亮晶晶,满天都是小星星"……小时候,我爱站在家门口的院子里,抬头看着晴朗夜空里的漫天繁星,那一片天空,就是童年。成年后,深夜中别说是银河,即便是寥寥几颗星星,也是难得一见,闪烁着的路灯、霓虹灯,把城市的夜晚照得如同白昼。有一次,我开车时被交警拦下,原来是我忘记打开车的主照明灯,都市的灯火照亮了整个夜晚,总让人觉得夜晚来得不真实。慢慢地,我更新了对夜晚的记忆,在我印象里,这似乎就是夜晚该有的样子。

因为工作关系,我爬过一些高山、出过一些远海。在那些人迹罕至的地方，晴天多、透明度高、光污染少。当然，手机也没有信号。那时，我将目光看向星空，学着用星图软件，对照着天上一颗颗星星，寻找它们的方位、查阅它们的名字。之后，我拿起相机，摸索着开始记录它们。从那时起，我与星空的约会便开始了。

一张曝光几十秒的照片，凝聚的是来自百亿年间宇宙的光芒。当我们记录的那缕光线从那颗恒星迸发的时候，或许人类还不存在、地球还未生成。经过漫长的"旅途"，它最终到达相机里。

拍星空前，我没有想过，会为了弄懂拍摄银河的最佳方位，自学起了月相知识；会为了拍摄一组繁星，在寒风中跺着脚坚守几个小时。我们总希望做事事半功倍，不走弯路，例如跑几次步就能够变瘦，旅一次行心灵就得到洗礼，轻轻松松就能体验到许多令人愉悦的事情。但拍摄星空，却让我知道了有的事情需要等待。

初到珠峰大本营时，有时拍星空，我刚架好机器没多久，原本如洗的碧空，瞬间就变得雾气朦胧，没有了预期的漫天星辰，迎来的却是一场大风雪。

这几天，经历了风雪洗礼的大本营，迎来了晴空。傍晚时分，蓝天白云映衬着茫茫的喜马拉雅山脉，让人倍感干净纯洁。望着漫天星空，我联想到了苏轼的《赤壁赋》："寄蜉蝣于天地，渺沧海之一粟……盖将自其变者而观之，则天地曾不能以一瞬。"杜甫的《旅夜书怀》："星垂平野阔，月涌大江流。"古时候，诗人们以星星为意象的诗词无数。确实，也只有在看见了这样的夜空之后，我才能够真正理解为什么古人会这样描写星空。

  人生之于宇宙星辰，只不过是转念一瞬，深感渺小。仰望星空，让人站得高、看得远，开阔了眼界、思路、胸襟，看淡名利得失，当少一些轻浮急躁，多一些脚踏实地，生活就会变得充实，追求就会远大。

流星滑过珠峰

珠峰星轨

"步步惊心"攀珠峰

珠峰,是地球上离太阳最近的地方。

5月6日下午,海拔5200米的珠峰大本营,一场送别勇士出征的仪式在此举行。

这个出征的决定,是现场指挥部在上午做出的。天气预报显示,5月10日将迎来一个天气窗口。半天时间,登山队收拾好登山装备,再次调试测量仪器,整装待发。

"现在对表,13时整。"

"报告,测量登山队准备完毕,请指示!"

"出发!"中国登山队队长王勇峰扯着嗓子,宣布了出征令。他曾登上过世界七大洲的最高峰,为了这次珠峰高程测量专程赶到现场,指挥登顶测量工作。

队员们排成一排,鱼贯而出。在大家的目送中,向着世界之巅奋勇攀登。接下来的几天,这些勇士们将要面对暴风雪、高原缺氧等种种考验,登上珠峰峰顶,竖起觇标,完成预定测量任务后,再回到大本营。

山,就在那里,攀登者前赴后继。45年前,中国首次珠峰高程测量登山队就是从这里出发,在峰顶首次竖立起觇标,完成了登顶测量任务。15年前，珠峰高程复测登山队也是从这里出发，再将觇标竖立在峰顶。如今，测量勇士的精神依然不灭。觇标，又传到新一代测量者手中。

"好样的！""一路保重！""兄弟加油！""期待你们凯旋！"我和同事王少勇负责出征仪式的直播报道，一路跟拍登山队。王少勇非常激动，为相熟的队员加油打气。

渐渐地，我俩跟不上登山队的脚步，目送他们消失在山坳深处。回头望去，原本许多跟拍登山队的人都累得停在途中，我俩成了跟拍登山队走得最远的人。直播结束后，我腿脚再也不听使唤，累得一屁股坐在地上，不停地喘着粗气。再看王少勇，嘴角泛着白沫，也是累得直喘粗气。

我俩相视一笑，也不说话，相互扶持着走回营地。相信这次珠峰高程测量，将会在中国探索珠峰科学奥秘的历史上写下浓墨重彩的一笔。能够置身于历史之中、现场见证勇士出征，我受的这点苦累又算什么。

登山队出发后，我和同事兰圣伟，自然资源部宣教中心的杨帆、张浩，陕西局的田超、赵润佳、王峰商量着，找机会去中绒布冰川拍一些视频素材。

根据天气预报，5月份适合登顶的窗口期有3个，第一个窗口期将出现在5月12日。待到登山队完成登顶测量后，我们随即也将下撤。之前，我们几次到二本营采访，距离冰塔林仅有一个多小时路程，但始终没能再进一步。来一趟珠峰不容易，不去看一看冰川，来免有些遗憾。

5月8日下午，我们从大本营出发，奔赴二本营。按照计划，我们将在二本营住一晚，积蓄体力，第二天从二本营走到中绒布冰川，当天返回大本营。没想到，这段常走的"牦牛路"，竟然会走得这么艰险。

高原上的天气犹如小孩儿的脸，说变就变。出发时的艳阳蓝天，不经意间就被乌云驱赶走。行至途中，我们赶上了一场大风雪。当时，黑云压顶，天空飘起雪花，大风呼啸，风雪相互造势，在山间小路上卷起阵阵"白烟"。一路上，大风一阵紧似一阵，雪越下越大，接着便下起了冰雹，劈头盖脸地砸来，打在身上一阵生疼。

天色渐晚，唯有前进，别无他法。风雪中，温度越来越低，兜里的手机都冻得关机了。嘴里呼出的哈气，瞬间在眼镜上凝结成一层白雾，也没法看清前行的路，约莫过了20分钟，我们仿佛忽然走出了雪幕，一下子便不见一点雪花。

我们抵达二本营时，远远儿看到大厨刘泽加守候在帐篷边，四处张望。见到我们到来，他热情地把我们迎进帐篷。大家席地而坐，拿着几个肉夹馍，就着肉汤、咸菜狼吞虎咽地吃起来。虽然冻得瑟瑟发抖，但这却是我来珠峰后吃得最香的一顿饭了！之前的遭遇，丝毫没有影响大家的热情，吃饭时，都表示一定要到冰川脚下，去看看冰塔林。

清晨，我在睡袋里被冻醒了。昨晚，我住在一个小帐篷里。这是一个最多只能睡三个人的小帐篷，帐篷里除了睡袋、防潮垫，没有别的防寒装备。裹在睡袋里难以弯曲，我不禁翻了一下身，头上落下了许多白霜，打在身上凉飕飕的。原来我昨晚呼出的哈气，在低温环境下，凝结成白霜挂满了帐篷顶。

我艰难地钻出睡袋，发现帐篷边角处已经被积雪掩埋。昨晚，二本营下了一夜的大雪，幸好把鞋放在靠近防潮垫的位置了，要不然肯定是一靴子雪。走出帐篷时，天才刚刚放亮，天边泛起了鱼肚白。我们不敢耽搁，简单吃了口早餐，起身奔赴中绒布冰川。为了保障我们路途安全，二本营的兄弟们特意安排了两名高山向导领路。这两名高山向导出生在珠峰脚下的扎西宗乡，这段时间在二本营帮厨，对这条进山的路非常熟悉。

今天的路比昨天更难走。沿着二本营向上攀登，没走多一会儿，连山间小路也没有了，全是乱石和山涧。我们先是翻下一个数米深的深沟，攀爬时须格外当心，如若下脚不注意，很容易打滑踩空，摔落沟底。我们沿着山坡陆续向下，山体上不时掉落几块石头，平添几分虚惊。

我们翻过深沟后，又被一条冰河挡住了去路。近期，随着珠峰地区气温上升，冰河逐渐开化，我们小心翼翼地踩在河边裸露的石头上，蹚水而过。冰河边的积雪很松软，每走一步都比平常更费力气，一人在前小心探路，后面的人踩着前人的脚印前行，可谓"步步惊心"。

离开冰河后，我们在山涧里继续前行，兜兜转转，不觉间已走了一个多小时。正当我觉得身疲力竭时，突然，走在前方的高山向导指向距离不远处，大声喊道："冰塔林到了！"

我挣扎着再一次翻过了一个大山坡，看到正前方的空地上出现了大片冰塔林，中绒布冰川如同一条雪龙，绵延几十公里，一直延伸到天际线尽头。远处的壮美冰川，一扫我们的疲惫和高原反应带来的不适。

走到冰塔林近处，发现这块空地有一个足球场大小。阳光照在冰塔上闪着光，显得那么冰清玉洁，冰柱下方透着悠悠的蓝色，这些冰塔林不仅精美绝伦，更是镌刻着高原沧桑的书卷。向远处望去，茫茫冰川如浪滚、似涛翻，每一处褶皱都阐述着珠峰地质的变迁，每一处冰体都记载着珠峰水流的印迹。

我们在冰塔林拍摄了许多视频素材。中午时分，两名高山向导拿出自热米饭，招呼着我们过来吃。我实在是吃不动了，摆了摆手，谢绝了好意，只吃了一块巧克力，喝了点保温杯里的热水。

午饭完毕后，我们休息了一会儿，顺着原路返回。路上，天空刮起了大风，吹得我睁不开眼。如果迎风走，狂风裹挟着沙粒迎面扑来，打在脸上犹如刀割一般疼。而顺着风走，人便不由自主地跟风小跑起来，又非常危险。就这样，我们在大风中辗转攀爬，看似不高的一个小山头，如此一折腾，也要花掉不少时间。

途中，走在身后的杨帆提醒我："你怎么总是踢石头？"

"有吗？"我突然意识到，自己的体力有些跟不上了。高原缺氧，脑子反应本来就慢，再加上体力逐渐透支，脑子里想着能迈过石头，可是脚已经跟不上思路了。

黄昏时分，我们终于返回大本营。此时距离早晨出发，已经过了10个小时。我累得一头扎在床上，一句话都不想说。帐篷里很安静，只有粗重的喘气声，大家出发时的豪情壮志，仿佛都

跟拍登山队

被越来越暗的天色掩盖。我看着裤腿上满是泥水，突然有些欣慰，能够如愿看到冰塔林，珠峰之行没有遗憾了，这些泥水如同一支蘸满墨水的毛笔，为我留下了一段永远难忘的攀登经历。

赶往中绒布冰川途中

中绒布冰川的冰塔林

历经波折终登顶

从冰塔林回来后,我听说了一个坏消息,登山队抵达海拔 6500 米的前进营地后,继续向上攀爬。当他们攀登到海拔 6700 米的时候,发现攀登路线上雪比较深,有流雪的危险。为了保障安全,原定前往海拔 7028 米 C1 营地的计划取消,队员们分两批撤回大本营进行休整,等待第二个天气窗口。

我没想到,困难才开始。一个月的时间,珠峰测量计划冲顶,又推迟,又计划,又推迟,三上三下,反反复复。

5 月 22 日是珠峰登顶的第二个窗口期。5 月 16 日,测量登山队第二次向顶峰发起突击,因受气旋"安攀"影响,海拔 7790 米以上的区域积雪太深,修路组经过反复的尝试后,仍旧未能打通登顶之路,为避免强行冲顶的风险,他们不得不再次下撤。

5 月 27 日是珠峰登顶第三个窗口期,也是 5 月份最后一个窗口期了,5 月过后,珠峰天气会越来越恶劣,如果把握不住这个登顶机会,前期所有的努力就都白费了。

5 月 24 日,冲顶队员从 6500 米前进营地第三次出发。5 月 26 日,8 人冲顶队员名单公布,冲顶队员从海拔 7790 米的二号营地出发,前往海拔 8300 米的突击营地。

尽管在攻顶的前一天晚上珠峰顶又下起了大雪，但机不容失。5月27日凌晨2点多，8名攻顶队员次落、袁复栋、李富庆、普布顿珠、次仁多吉、次仁平措、次仁罗布、洛桑顿珠从海拔8300米的突击营地出发冲顶，顶着恶劣天气前进，用时近9个小时成功登顶珠穆朗玛峰。

11时，中国人又一次在世界海拔最高的珠穆朗玛峰峰顶竖起觇标，探寻世界屋脊的新"身高"。

一开始，大家预定在峰顶停留一个小时，但后来发现，时间根本不够用。为了方便操作仪器，有的队员摘下氧气面罩，有的摘掉了手套，他们在峰顶无氧工作150分钟，创造了中国人在珠峰顶峰停留时间最长纪录。

我是在电视直播里看到队员登顶测量的画面的。当时，我已身在千里之外的北京。前几年，到了南北极、深海大洋，身体被折腾得不轻。大本营期间，我的身体陆续出现了一些小问题，在定日县医院就诊时，医生建议我手术治疗。无奈之下，我返回北京就医，毕竟身体健康才是最重要的。

如同一场电影的结尾，留一丝遗憾，那是令人感动的瞬间。很多时候，我们都想要做到尽善尽美，于是不遗余力，可是生活哪有十全十美。从这个角度讲，能够去珠峰是幸福的，能够参与珠峰测量是幸运的，能够攀登到珠峰冰川是热血的，没能现场见证队员登顶也是一种圆满。

登顶测量并不是结束。在此基础上，中方数据处理专家与尼泊尔专家进行数据联合处理，经过反复论证和多轮协商，最终得到基于全球高程基准的珠峰峰顶雪面海拔高度。

2020年12月8日，中国国家主席习近平同尼泊尔总统班达里互致信函，共同宣布珠穆朗玛峰最新高程——8848.86米。这是中尼两国首次共同向世界宣布珠峰高程，更是迄今人类科学性、可靠性、创新性最强的一次珠峰高度测量。中国人用实际行动告诉世人：世上无难事，只要肯登攀。

8848.86，是测量队员拿命拼回来的。也许，随着岁月流逝，以后还会有新的珠峰高程，但那些须发斑白、再度请缨的"老测绘"，那些激情四射、单纯可爱的新队员，还有那些勤奋辛劳、默默无闻的厨师、司机……在珠峰恶劣的自然环境中，他们身上迸发出的光芒，永远不会退出我的记忆。

图书在版编目（CIP）数据

那就出发吧，直到世界尽头 / 高悦著 . —— 北京：新星出版社，2023.3
ISBN 978-7-5133-5057-0

Ⅰ.①那… Ⅱ.①高… Ⅲ.①随笔-作品集-中国-当代 Ⅳ.① I267.1

中国国家版本馆CIP数据核字（2023）第 025653 号

那就出发吧，直到世界尽头

高悦 著

责任编辑：李文彧
特约编辑：唐嘉琪
责任印制：李珊珊
装帧设计：冷暖儿

出版发行：	新星出版社
出 版 人：	马汝军
社　　址：	北京市西城区车公庄大街丙3号楼　　100044
网　　址：	www.newstarpress.com
电　　话：	010-88310888
传　　真：	010-65270449
法律顾问：	北京市岳成律师事务所
读者服务：	010-88310811　　service@newstarpress.com
邮购地址：	北京市西城区车公庄大街丙3号楼　　100044
印　　刷：	天津图文方嘉印刷有限公司
开　　本：	889mm×1194mm　　1/32
印　　张：	12.75
字　　数：	263千字
版　　次：	2023年3月第一版　　2023年3月第一次印刷
书　　号：	ISBN 978-7-5133-5057-0
定　　价：	98.00元

版权专有，侵权必究；如有质量问题，请与印刷厂联系调换。